Die fünf Freunde in der Schaluppe hielten den Atem an und spähten angestrengt nach oben, lauschten mit überwachen Sinnen. Droben an Deck der *Terror* blieb alles still. Dann jedoch vernahmen die Gefährten plötzlich ein Geräusch. Alle fünf zuckten unwillkürlich zusammen und tasteten nach ihren Waffen. Sie erkannten einen schwarzen, niedrigen Schatten, der über das Wasser glitt; darüber die Silhouetten einiger Gestalten. War der Angriffsplan der *Blauen Rose* verraten? Hatten die Piraten sie bemerkt und holten nun zu einem heimlichen Gegenschlag aus?

W0277724

JEAN DE LAFORET

Geheimbund Blaue Rose

Der schwarze Pirat

Schneider-Buch

Inhalt

Der Sturm

Man schrieb das Jahr 1712. Über der weiten Donauebene zwischen Budapest und Wien braute sich einer der jähen westungarischen Stürme zusammen. Schon peitschten heftige Windstöße die gelbbraunen Maisstengel auf den Feldern, beugten die dünnen Halme des Steppengrases. Der eben noch heitere Augusthimmel wurde von Minute zu Minute drohender.

Die Dragoner, welche entlang des Stromes in Richtung Wien ritten, hatten Mühe, ihre schwitzenden und nervösen Pferde im Zaum zu halten. Auch die beiden Soldaten auf dem Kutschbock eines ungedeckten Plattenwagens, der in der Mitte der Dragonerschwadron rollte, mußten immer wieder ihre langen Treiberpeitschen gebrauchen, um die schweren Brabantergäule vorwärts zu zwingen. Es herrschte eine gedrückte, mißmutige Stimmung; gelegentlich ertönte ein müder, halblauter Fluch. Seit Wochen durchquerte die Schwadron nun schon die Steppe, um den gefesselten Gefangenen auf dem Plattenwagen sicher nach Wien zu bringen, wo ihn ein Prozeß wegen eines Attentatsversuchs auf Kaiser Karl VI. von Österreich erwartete. Die Soldaten ahnten alle, daß ihr Gefangener dem Strang nicht entkommen würde. Der Gefesselte selbst jedoch – ein hagerer, etwa vierzigjähriger Mann mit langen, strähnigen Haaren und tiefliegenden dunklen Augen – schien sich nicht viel daraus zu machen. Wie unbeteiligt lag er auf den Strohbündeln; manchmal zeigte sein verschlagenes Gesicht sogar einen beinahe heiteren Ausdruck, dann wieder schien er angestrengt über etwas nachzudenken. Ab und zu warfen seine zusammengekniffenen Augen einen langen Blick auf die Wolken, die sich immer dichter und schwärzer zusammenballten.

Auch der kommandierende Offizier der Schwadron, der kaiserliche Rittmeister von Wolfsegg, der an der Spitze des Zuges trabte, musterte immer wieder die heraufziehende Sturmfront. Zwei, höchstens drei Tagesmärsche waren es noch bis Wien. Dann könnte er endlich seinen Gefangenen, der sich Marco der Condottiere nannte, dem kaiserlichen Kerkermeister übergeben.

Während sich die Wolken am Horizont immer höher auftürmten, der Wind von Minute zu Minute stärker wurde, verlor sich der Rittmeister in Erinnerungen an die letzten Monate, als Kaiser und Reich in höchster Gefahr geschwebt hatten. – Da war zuerst die Bombe gewesen, welche im Mai der Condottiere auf offener Straße in Wien vor die Hufe des kaiserlichen Pferdes geschleudert hatte. Nur dem beherzten Eingreifen eines der engsten Vertrauten des Monarchen, des jungen Edelmannes Germain, war es zu verdanken, daß Karl VI. mit dem Leben davongekommen war.

Der Rittmeister hatte Germain und dessen vier Gefährten, welche zusammen den geheimnisumwitterten Geheimbund der *Blauen Rose* bildeten, später in der Karpatenfestung Bistritz persönlich kennengelernt. Die fünf Reiter der *Blauen Rose* hatten die Garnison bei der Verfolgung des Attentäters gestreift, den sie hartnäckig jagten, seit er in Wien durch besondere Umstände entkommen war. Ganz genau erinnerte sich der Rittmeister noch an jedes einzelne Mitglied des Geheimbundes, der ausschließlich dem Kaiser Rechenschaft schuldig war.

Der junge Germain galt als Anführer des Geheimbundes der *Blauen Rose.* Gleichzeitig zählte der unter seltsamen Umständen in Frankreich aufgewachsene Edelmann mit den braunen Locken, den blauen Augen und der schmalen, kühn gebogenen Nase zu den kühnsten Degenfechtern Europas; mit unglaublicher Geschicktheit verstand Germain seine Waffe zu handhaben, welche einst d'Artagnan, der berühmte Musketier Ludwigs XIII., geführt hatte.

An der Seite des mutigen Anführers der *Blauen Rose* hielt sich stets die bezaubernde Annabelle, die wegen ihres prachtvollen kastanienbraunen Haares und ihrer smaragdgrünen Augen am Wiener Hof ebenso berühmt war wie wegen ihres schier unglaublichen Mutes, den sie bei mehr als einer Gelegenheit unter Beweis gestellt hatte.

Dritter im Bund war der französische Baron Jean les Cartes. Er war nicht nur ein unglaublich flinker Haudegen, sondern auch ein überaus charmanter junger Mann, der so manche Frauenherzen gebrochen hatte. Der hünenhafte Ire Rory O'Connell, Nachkomme eines uralten Königsgeschlechts und der Mongole Denghizik, der seinen Stammbaum bis auf den Steppenfürsten Dschingis-Khan zurückführen konnte, waren die beiden letzten Reiter der *Blauen Rose*. Gemeinsam bildeten die Fünf eine Einheit, welche vor Tod und Teufel nicht zurückschreckte.

Es war einfach unglaublich – so überlegte der Rittmeister –, wie sie im Sommer dieses Jahres den schurkischen Condottiere quer durch Feindesland bis nach Konstantinopel verfolgt und ihn dort nahezu unter den Augen des Pascha um geheime Konstruktionspläne für neuartige Kanonen erleichtert hatten, mit deren Hilfe der türkische Herrscher das Habsburgerreich hatte überfallen wollen.

Anschließend war es ihnen gelungen, den Condottiere, der jetzt gebunden auf dem Plattenwagen lag, gefangenzunehmen. Da Germain ein dringendes persönliches Anliegen nach Ragusa an der östlichen Adria rief, hatte sich der Geheimbund von dem Rittmeister und seiner Schwadron getrennt, die nun allein für den gefangenen Condottiere verantwortlich waren.

Ein jäher Windstoß, heftiger als alle vorangegangenen, riß den Offizier aus seinen Gedanken. Sein Pferd scheute, und er mußte Gewalt anwenden, um es zum Weitertraben zu bewegen. Doch schon nach wenigen Sprüngen bäumte sich das

Tier erneut auf. Mit voller Gewalt peitschte der Sturm los. Schwefelgelbe Blitze durchzuckten den pechschwarzen Himmel. Schon Sekunden später setzte ein schwerer Wolkenbruch ein. Das Wasser strömte mit solcher Heftigkeit hernieder, daß hohe Fontänen aus dem trockenen Staub schossen. Die Pferde gerieten in Panik. Sie sperrten sich gegen ihre verzweifelten Reiter, bäumten sich, schlugen aus, wieherten schrill – und weder Sporen noch Peitsche vermochten sie wieder zur Räson zu zwingen. Mit einem blitzschnellen Sprung räumte der Rittmeister den Sattel, packte seinen Hengst mit beiden Fäusten an den Kandarenstangen und hielt ihn so vom Durchgehen ab. Die meisten seiner Dragoner handelten jedoch nicht so geistesgegenwärtig.

Hart hinter dem Rittmeister verlor einer Bügel und Sattel und stürzte. Ein zweiter zerrte mit aller Kraft an den Zügeln. Doch vergebens, denn sein Tier jagte, den Kopf zwischen den Vorderbeinen, seitlich in die Ebene hinaus. Und das wiederum gab den Anlaß, daß andere Pferde durchgingen. Sternförmig sprengten sie, vor Angst wie von Sinnen, nach allen Seiten davon. Innerhalb weniger Sekunden hatte sich die ganze Schwadron in einzelne hilflose Reiter aufgelöst, von denen keiner mehr sein Tier in der Gewalt hatte. Nur der Rittmeister harrte noch bei dem Gefangenen aus, doch er konnte sich nicht um ihn kümmern. Er hatte alle Hände voll mit seinem Hengst zu tun, der sich mit aller Gewalt gegen seinen Herrn sperrte. Und die beiden Kutscher auf dem Plattenwagen mühten sich verzweifelt mit ihren aufgescheuchten Brabantergäulen ab.

Einzig der Condottiere schien sich nichts aus dem Sturm zu machen. Ein triumphierendes Lächeln umspielte seine dünnen Lippen. Ohne daß es in dem dichten Regen jemand bemerkte, rollte sich der Gefangene zur linken Seite des Wagens hinüber, wo er schon vor Tagen den emporstehenden rostigen Nagel entdeckt hatte. Er rieb seine Handfesseln daran und zerrte sie so lange hin und her, bis sie knirschend rissen.

Sekunden später stürzten die beiden Dragoner leblos vom Wagenbock. Der Condottiere, der sich inzwischen auch von seinen Fußfesseln befreit hatte, sprang ebenfalls ab und nahm die Pistolen seiner Bewacher, die er hinterrücks niedergeschlagen hatte, an sich. Dann verschwand er wie ein Schatten im Regen, um nur einen Augenblick später im Rücken des Rittmeisters wieder aufzutauchen. Das Feuer eines gewaltigen Blitzstrahls fing sich im blankpolierten Lauf einer hocherhobenen Pistole. Ein trockenes, häßliches Geräusch – und auch der Rittmeister war außer Gefecht gesetzt. Ohne einen Laut stürzte er vor die Hufe seines Hengstes. Das Tier wollte ausbrechen, doch der Condottiere war schneller. Hart griff er nach der Kandare, stellte das Bein in den Steigbügel und schwang sich in den Sattel. Jäh schoß der Hengst mit ängstlich zurückgelegten Ohren davon.

Während auf diese Weise einer der gefährlichsten Feinde Kaiser Karls VI. erneut auf freiem Fuß war, ritten Germain und die anderen Mitglieder der *Blauen Rose* ahnungslos nach Süden. Während in der Donauebene das fürchterlichste Unwetter des Jahres tobte, und der Rittmeister von Wolfsegg Stunden benötigte, um seine Schwadron wieder zusammenzubringen, während man entsetzt die Flucht des Verbrechers bemerkte, trabten die fünf Freunde bester Laune am Ufer des malerischen Plattensees entlang. Das Sonnenlicht glitzerte in den leicht gekräuselten Wellen.

„Ich kann es kaum erwarten, endlich nach Ragusa zu kommen“, erklärte Germain seiner geliebten Annabelle, welche übermütig mit der Mähne ihrer rassigen Fuchsstute spielte. „Stell dir vor, schon in wenigen Wochen werde ich endlich meine Mutter wiedersehen. Ich kenne sie zwar kaum, denn ich war erst fünf Jahre alt, als wir bei dem Überfall auf

Schwetzingen voneinander getrennt wurden. Und seitdem habe ich sie nie wieder gesehen."

Annabelle kannte das traurige Schicksal Germains. Ein französischer Offizier hatte im Jahr 1689, kurz nach der schrecklichen Schlacht um Heidelberg, den etwa fünfjährigen Jungen elternlos und verlassen in Schwetzingen gefunden und ihn anschließend im Kloster Saint-Denis bei Paris erziehen lassen. Später, in Versailles und Wien, hatte sich Germain dann die Tugenden eines Edelmannes aneignen können.

Er war, nachdem er diesem in Spanien das Leben gerettet hatte, sogar zum Vertrauten und Freund des österreichischen Kaisers aufgestiegen.

Und doch fraß all die Jahre über ein geheimer Kummer an Germains Herzen. Er kannte seine Eltern nicht, er besaß keinen wirklichen Namen. Nur im Traum erschien ihm gelegentlich eine Frau, in der er seine Mutter zu erkennen glaubte. Erst vor wenigen Monaten, während des Aufenthaltes in den Karpaten, war Germain dann durch einen unglaublichen Zufall auf ein Medaillon gestoßen, in dem dasselbe Frauenbildnis war, das er aus seinen Träumen kannte. Germain hatte herausgefunden, daß die betreffende Dame sich Komteß Elisabeth von Walden nannte und in Ragusa lebte. Er war überzeugt, es müsse sich um seine leibliche Mutter handeln, und aus diesem Grund hatte er auch den Condottiere der Bewachung des Rittmeisters anvertraut, um selbst so schnell wie möglich an die Küste des Adriatischen Meeres reiten zu können.

Annabelle lächelte vor sich hin. Auch sie sehnte sich ja danach, endlich die Mutter des Mannes kennenzulernen, den sie seit Jahren liebte.

„Wie wäre es mit einem kleinen Galopp, um schneller ans Meer zu kommen?" schlug sie vor.

„Eine ausgezeichnete Idee." Schon trieb Germain seinen schwarzen Vollbluthengst Grampian an, das Geschenk einer französischen Gräfin, die er einst aus der Gewalt von Straßenräubern gerettet hatte. Seitdem hatte er auf Grampians Rücken ein paar Dutzend Abenteuer glücklich überstanden. Das edle Tier hatte wohl schon auf einen Jagdgalopp gewartet und schoß nun wie der Blitz davon. Annabelle, Jean, Rory und Denghizik, ebenfalls ganz ausgezeichnet beritten, folgten ihm auf dem Hufschlag.

Seit mehr als einer halben Stunde preschten sie am Ufer des Plattensees dahin. Der Reitwind ließ ihre Umhänge wie geschwellte Segel knattern und flattern. Sie alle waren im Sattel zu Hause und genossen die wilde Jagd über die Tiefebene.

Das Vergnügen sollte jedoch ein jähes Ende finden. Denn plötzlich stieß Annabelles Fuchsstute ein erschrockenes Wiehern aus, als ein Hase über den Weg lief. Gleichzeitig blieb die Stute stehen, wie vom Donner gerührt, um sich schon im nächsten Augenblick zu überschlagen. Die Hufe der Stute wirbelten durch die Luft. Annabelle schoß kopfüber aus dem Sattel; ein stumpfer, einsamer Baumknorren tauchte vor der jungen Frau auf, dann spürte sie einen jähen Schmerz in Arm, Hals und Brust – und verlor das Bewußtsein. Sie merkte nicht mehr, wie sie auf der harten Erde landete und noch ein paar Schritte weiterrollte.

Germain und seine drei Freunde rissen ihre Tiere in die Hanken, zügelten sie hart, wendeten und jagten zurück zu Annabelle. Mit einem Satz sprang Germain als erster aus dem Sattel und kniete auch schon neben seiner Freundin. Mit fiebernden Händen untersuchte er sie schnell aber gründlich.

Zum Glück atmet sie noch, schoß es ihm durch den Kopf. Doch der rechte Arm war seltsam verrenkt, und unterhalb der Halsgrube sickerte Blut durch das dunkelblaue Samtmieder. Germain schluckte schwer und brachte kein Wort hervor.

Es war Jean, der das Unglück zuerst in Worte faßte: „Das Schlüsselbein ist gebrochen, womöglich auch noch die Schulter.

Annabelle muß sofort zu einem Arzt. Ich werde ins nächste Dorf reiten und einen Wagen besorgen." Leise setzte er noch hinzu: „Nun wird es wohl ein paar Wochen länger dauern, ehe wir nach Ragusa kommen. Tut mir von Herzen leid, alter Freund."

Germain antwortete nicht. Er wußte nicht, was ihn mehr schmerzte: der Anblick der besinnungslosen Annabelle – oder die Tatsache, daß das Wiedersehen mit seiner Mutter sich nun erneut hinauszögern würde.

Er ahnte auch nicht, welch weitreichende Folgen Annabelles Sturz für sie alle noch haben sollte.

Ein Schurkenstreich

Auf der alten Heerstraße, die von Laybach kommend südlich nach Triest führte, rollte knapp eine Woche nach den geschilderten Ereignissen eine hochherrschaftlich ausgestattete Reisekalesche. Vier kräftige Schimmel zogen das schwarze Gefährt, auf dessen Dach ein halbes Dutzend schwerer Truhen festgezurrt war. Neben dem Kutscher saß ein livrierter Lakai. Von den Insassen der Kalesche selbst war wegen der herabgezogenen Vorhänge nichts zu sehen.

Die vier Schimmel erreichten eine enge, unübersichtliche Straßenkehre; mit beiden Fäusten griff der Kutscher in die Zügel – die Rösser fielen in Schritt. Gleich darauf kam die Kalesche ganz zum Stehen. Denn ein paar schwere Felstrümmer – sie lagen wie zufällig herabgestürzt auf der Straße – versperrten den Weg. Leise vor sich hin fluchend zog der Kutscher die Wagenbremse an, wickelte die Zügel darum und sprang vom Bock, wobei er dem Lakaien einen Wink gab, ihm bei der Beseitigung der Steine behilflich zu sein. Zu zweit zerrten die

Männer an einem der schweren Felsblöcke.

Den vermummten Mann im schwarzen, weiten Umhang und einem ebensolchen, tief ins Gesicht gezogenen Schlapphut sahen sie beide nicht kommen. Erst ein Kiesel, der unter seinem Schritt knirschte, ließ sie hochfahren. Aber da war es bereits zu spät. In jeder Hand eine langläufige Pistole, schlug der Vermummte blitzschnell zu. Lautlos brachen die beiden Männer über dem Felsblock zusammen. Der Vermummte zog einen Dolch aus dem Gürtel des Kutschers, schleuderte ihn weg – und wandte sich der Kalesche zu.

Die Insassen schienen wegen des unerwarteten Halts nun doch aufmerksam geworden zu sein. Der Wegelagerer hatte noch zwei oder drei Schritte bis zum Wagenschlag zurückzulegen, als dieser geöffnet wurde und ein etwa fünfzigjähriger Edelmann seinen Kopf mit der gepuderten Perücke herausstreckte. Als er die auf sich gerichteten Pistolen erblickte, weiteten sich seine Augen in grenzenloser Überraschung. „He, verdammt noch mal, Kanaille! Was soll das bedeuten?“ rief er empört.

Zur Antwort ließ der Mann im schwarzen Umhang die Pistolenhähne knacken. Dann antwortete er zischend: „Noch eine solche Beleidigung, und ich schieße! Wer befindet sich außer Euch noch in der Kalesche? Antwortet – schnell!“

Der Edelmann wurde blaß unter seiner Perücke. Er sah wohl ein, daß der Vermummte nicht spaßte, und daß er es mit einem ausgekochten Schurken zu tun hatte. „Es sitzt nur noch meine Gemahlin in der Kutsche“, antwortete er. „Habt Erbarmen! Die Gräfin ist schwer herzleidend, und jede Aufregung schadet ihr.“

„Dann sagt der Gräfin, sie soll sich aus der Kutsche scheren – und sich eben nicht aufregen“, erwiderte der Wegelagerer höhnisch. „Und Ihr selbst kommt auch heraus!“

Er zog sich ein paar Schritte zurück, wobei er die beiden Pistolen nach wie vor auf den Grafen gerichtet hielt. Dieser kletterte nun schwerfällig aus der Kalesche; eine zierliche Dame, die leidend aussah, folgte ihm zitternd.

Gierig ruhten die tiefliegenden Augen des Banditen auf dem wertvollen Schmuck, der Hals, Arme und Hände der Gräfin zierte. „Los, her mit den Pretiosen!“ herrschte er die adlige Frau an.

Wenig später befand sich der Räuber im Besitz eines kleinen Vermögens. Er brachte auch die Uhr und den Siegelring des Grafen sowie dessen reich gespickte Börse an sich, ehe er dem Paar wieder erlaubte, zurück in die Kalesche zu steigen. „Gute Weiterreise!“ rief er den Beraubten noch spöttisch zu, dann verschwand er wie ein Wiesel hinter ein paar riesigen Felsblöcken. Fassungslos und benommen starrten ihm die ausgeraubten Reisenden nach. Erst als sie raschen Hufschlag hörten, der sich schnell entfernte, wagten sie es, die Kutsche wieder zu verlassen und sich um die noch immer besinnungslosen Bediensteten zu kümmern. Dem skrupellosen Straßenräuber waren Schmuck und Gold im Wert von mehreren hunderttausend Gulden in die Hände gefallen.

Zwei Tage später erreichte der Räuber die Hafenstadt Triest. Der schwarze Umhang und der Schlapphut steckten jetzt in den Satteltaschen seines rassigen Hengstes. Der Reiter sah nun in einer schlichten Lederhose und einem grauen Rock ganz unauffällig aus. Und als er wenig später das edle Tier am Stadtrand für fünfhundert Gulden an einen Roßhändler verkauft hatte, tauchte er in einer bevölkerten Straße von Triest unter. Er hatte aber auch alle Ursache, sich möglichst im Verborgenen zu halten – denn er wurde im ganzen Habsburgerreich gesucht. Handelte es sich doch bei dem hinterlistigen Wegelagerer um keinen anderen als den Condottiere, den seine eilige Flucht aus der ungarischen Tiefebene nun an die Gestade der Adria getrieben hatte.

Und nicht umsonst war der Condottiere gerade nach Triest

gekommen; aus gutem Grund hatte er sich bei dem Raubüberfall mit einer riesigen Summe versehen. Es war die Rache, die den Condottiere in den äußersten Süden des Habsburgerreiches getrieben hatte.

Während er durch die engen, winkligen Gassen zielsicher dem Segelhafen zustrebte, dachte er unentwegt an Germain und die übrigen Reiter der *Blauen Rose.* Sie, allen voran jedoch Germain, hatten ihn dazu bewogen, nach Triest zu kommen.

Während man ihn von Bistritz in Richtung Wien brachte, hatte der Condottiere aus den Gesprächen seiner Bewacher so manche interessante Information aufgeschnappt. Daß er das Scheitern seiner umstürzlerischen Pläne allein Germain zu verdanken hatte, wußte er inzwischen. Er wußte aber nicht, warum die Reiter der *Blauen Rose* darauf verzichtet hatten, ihn persönlich nach Wien zu bringen. Erst als eines Abends am Lagerfeuer der Rittmeister mit seinem Leutnant darüber gesprochen hatte, hatte er erfahren, daß Germain nach Ragusa eilen wollte, um dort endlich seine seit Jahren verschollene Mutter zu treffen. Er hatte auch den Namen dieser Dame gehört und wußte nun, daß sie in einem Palais am Meer lebte, von nur zwei oder drei Dienern umgeben. Und wenn auch der Condottiere schon den ganzen Weg über an Flucht gedacht hatte – diese unverhofften Nachrichten hatten ihn dazu gebracht, alles daranzusetzen, um sie wirklich durchzuführen.

Jetzt hatte er Triest erreicht und befand sich im Besitz einer fürstlichen Summe. Seine Zähne knirschten, als er erneut an Germain dachte, der ihn immer wieder besiegt hatte. Dann aber glitt ein bösartiges Grinsen über seine hageren Züge. Denn nun hatte er alle Mittel in der Hand, um Rache an seinem Todfeind zu üben.

Direkt am großen Triester Hafenbecken mietete er sich ein kleines unscheinbares Zimmer über einem Weinausschank. Draußen neigte sich der Tag seinem Ende zu. Die Masten der

Schiffe warfen lange, spitze Schatten auf das leicht gekräuselte Wasser. Der Abendwind strich sanft vom Land auf die See hinaus.

Als es ganz dunkel geworden war, läutete er nach dem Wirt und ließ sich kalten Braten und Wein servieren. Der Gastwirt, ein untersetzter, ehemaliger Seemann, dem das rechte Auge fehlte, wollte eben wieder gehen, als ihn der Condottiere am schmutzigen Ärmel zurückhielt, ihm ein schweres Goldstück zeigte und sagte: „Auf ein Wort, Herr Wirt. Ich hätte etwas mit Euch zu bereden, was nicht für jedermanns Ohren bestimmt ist. Wenn ich mich nicht täusche, so seid Ihr doch früher einmal auf der *Teufelin von Neapel* gesegelt?“

Als er den Namen dieses Schiffes hörte, zuckte der Gastwirt erschrocken zusammen, denn die *Teufelin von Neapel* war vor zehn oder zwölf Jahren nichts anderes gewesen als ein im ganzen Mittelmeer verrufenes und gefürchtetes Piratenschiff. Und noch heute mußte jeder den Galgen fürchten, der einmal den Fuß auf die Planken dieser Korvette gesetzt hatte.

„Ihr müßt Euch in mir täuschen, Herr“, entgegnete der Einäugige daher murmelnd. „Hab’ noch nie etwas von diesem Segler gehört.“

Der Condottiere grinste nur. Dann meinte er leichthin: „Das kann ich kaum glauben, daß Euch der Kapitän Ponderone nicht bekannt gewesen sein soll. Euch, seinem zweiten Maat! Würde der gute Ponderone noch leben, so würde er sicherlich für mich bürgen. Leider ist er dazu nicht mehr imstande, seit ihn damals vor Korsika eine kaiserliche Musketenkugel erwischte. Erinnert Ihr Euch nicht mehr, wie wir ihn damals auf See beisetzten? Wie wir ihn mit der Totenkopfflagge umhüllt ins Meer warfen?“

Das eine Auge des Gastwirts und ehemaligen Seeräubers weitete sich in grenzenlosem Erstaunen. Er trat hart an den Condottiere heran und musterte ihn mehrere Minuten lang wortlos. Dann schlug er sich plötzlich gegen die Stirn, daß es schallte und rief ganz überrascht: „Natürlich, jetzt entsinne ich mich! Ihr seid der Herr, der damals inkognito an Bord kam, Ponderone tausend Gulden zahlte, jedem Mann der Besatzung hundert und verlangte, daß wir das kaiserliche Kurierschiff, das von Genua nach Sizilien ging, angriffen. Wir versenkten damals das Schiff, wenn auch der Kapitän starb, und wir machten reiche Beute. In Sizilien wart Ihr dann plötzlich verschwunden."

„Wozu ich guten Grund hatte, alter Freund", antwortete der Condottiere lächelnd. „Ihr solltet aber nicht so brüllen, wenn Ihr von diesen alten Abenteuern sprecht. Sonst könnte sich am Ende noch die Polizei dafür interessieren, mit welchem Geld Ihr eigentlich Eure Gastwirtschaft gekauft habt. – Doch nun im Ernst, Herr Wirt. Ihr könnt Euch wohl denken, daß ich Euch nicht ohne Grund aufgesucht habe. Um es ganz deutlich zu sagen: Ich habe mir gedacht, daß wir die guten alten Zeiten wieder aufleben lassen könnten." Mit diesen Worten zog der Condottiere eine Börse, öffnete sie und warf dem ehemaligen Maat der *Teufelin von Neapel* zehn Goldstücke zu. Der sackte sie schnell ein und setzte sich an den niedrigen Tisch. „Sprecht, Herr", bat er, „wenn ich kann, dann werde ich Euch gerne bei der Durchführung Eurer Pläne behilflich sein."

„Das könnt Ihr – und ob Ihr das könnt", versicherte der Condottiere zufrieden.

Länger als eine Stunde unterhielten sich die beiden flüsternd miteinander. Noch einmal wechselten ein paar Dutzend Gulden den Besitzer. Zuletzt erhob sich der Einäugige und erklärte im Brustton der Überzeugung: „Ich werde alles tun, was Ihr mir aufgetragen habt. Die richtigen Kerle zu finden, wird nicht schwierig sein, verirrt sich doch der eine oder andere immer wieder in meine Spelunke. Und was das andere angeht – ich habe gehört, daß in wenigen Tagen die *Erzherzog Karl,* aus Griechenland kommend, in Triest einlaufen wird. Das ist ein ausgezeichneter Dreimastsegler, der vierundzwanzig Kanonen trägt und es bei voller Leinwand mit dem Teufel selbst aufnimmt. Das schönste aber daran ist, daß der Kapitän bei jedem Aufenthalt im Hafen trinkt, und die Besatzung tut es ihm gehorsam nach." Der Einäugige lachte meckernd. Dann setzte er noch hinzu: „Wir werden leichtes Spiel haben – das versichere ich Euch."

„Gut, dann geht jetzt und tut Euer Bestes", befahl der Condottiere. Als er wieder allein war, warf er sich auf das schmuddelige Bett, langte sich die Weinflasche vom Tisch und nahm einen langen Zug. Seine verworfenen Pläne ließen sich noch besser an, als er zu hoffen gewagt hatte. Nur ein paar Tage noch der erzwungenen Ruhe und des Versteckspiels, dann würde er erneut unter der alten Flagge segeln. Wieder trank er einen Schluck Wein. Er erinnerte sich an den Schiffsnamen, den der ehemalige Seeräuber genannt hatte. *Erzherzog Karl* dachte er. Ich kenne das Schiff. Es wurde in Dienst gestellt, als der jetzige Kaiser noch Erzherzog war und nach ihm benannt. In Wien und Konstantinopel ist es mir nicht gelungen, dem Habsburger zu schaden. Doch jetzt sind die Karten besser gemischt . . .

Der Condottiere war so erregt, daß er die ganze Flasche leerte, ehe er endlich halb betrunken einschlief.

Während der nächsten Tage herrschte in der verrufenen Spelunke am Hafen ein lebhaftes Kommen und Gehen. Doch unter all denen, die sich in die Schänke schlichen und den Wirt zu sprechen wünschten, befand sich kein einziger mit vertrauenerweckenden Gesichtszügen. Es waren allesamt wild aussehende Kerle, die meisten von ihnen trugen Matrosenkleidung, und sie alle wurden von dem Einäugigen in das Zimmer des Condottiere geführt, wo sie mit dem zwielichtigen Mann jeweils ein längeres Gespräch führten. Anschließend nahmen die meisten zehn Gulden Handgeld entgegen und verpflichteten sich, Tag und Nacht auf Abruf bereitzustehen. Es waren schließlich mehr als dreißig verwegene Halsabschneider, welche der Condottiere in seinen Sold genommen hatte. Seine Absichten jedoch hatte er ihnen nur in groben Zügen angedeutet. Hätte er sie ganz eingeweiht – nun, dann wäre vielleicht der eine oder andere doch wieder abgesprungen, so abgebrüht die Kerle auch waren.

Am vierten Tag nach seiner Ankunft in Triest stand der Condottiere an dem einzigen Fenster seines Zimmers und spähte durch die schmutzige Glasscheibe zum Hafenbecken hinüber. Gegen vier Uhr nachmittags fuhr ein schlanker, ausgezeichnet getakelter Segler ein und warf an der östlichen Mole Anker. Der Dreimaster stach durch seine klare Linienführung und Eleganz von allen anderen Schiffen im Hafen ab.

Schon eine Minute später stürzte der Einäugige ins Zimmer. „Sie ist da", rief er atemlos. „Die *Erzherzog Karl* ist eben in den Hafen eingelaufen. – Dort drüben könnt Ihr sie sehen."

„Ihr habt nicht zuviel versprochen", erwiderte der Condottiere. „Ruft die Männer zusammen und sagt ihnen, sie sollen sich bereit halten. Und keinen Wein diesen Abend, verstanden!" – Der Gastwirt nickte. „Gut", fuhr der Condottiere fort, „Ihr selbst geht zur Anlegestelle der *Erzherzog Karl* und gebt mir Bescheid, wenn die Besatzung an Land gegangen ist. Es wäre mir am liebsten, wenn wir um Mitternacht zuschlagen könnten."

„Wäre wirklich die beste Zeit", murmelte der Einäugige, ehe er aus der Stube eilte.

Nun würde es nur noch Stunden dauern, bis der Condottiere seinen teuflischen Plan durchführen konnte. Und dann würde dieses Versteckspiel endlich ein Ende haben. Um später keine Zeit zu verlieren, packte er bereits jetzt seine Habseligkeiten. Dann kontrollierte er sorgfältig die Ladung der beiden Pistolen, die er in Ungarn erbeutet hatte. Er füllte sein Pulverhorn auf und verstaute einen großen Vorrat von Kugeln in seinem Gürtel. Zuletzt zog er den in Triest erstandenen Säbel aus der Scheide und begann den scharfen Stahl mit einem Wetzstein zu schleifen.

Draußen war es inzwischen dunkel geworden. Gegen neun Uhr kam der Wirt erneut und meldete, daß sich alle vom Condottiere angeworbenen Seeleute unten in der Gaststube versammelt hatten. Der Condottiere befahl noch einmal, daß sie um jeden Preis nüchtern zu bleiben hätten. Dann stellte er sich wieder ans Fenster und starrte wie zuvor zum Hafen hinüber, wo er deutlich die Laterne am Toppmast der *Erzherzog Karl* erkennen konnte.

Die Stunden verstrichen. Es war kurz nach Mitternacht, als der Wirt erneut ins Zimmer huschte.

„Nun?" fragte der Condottiere kurz.

„Es könnte gar nicht besser stehen, Herr", rief der Einäugige freudestrahlend. „Fast die ganze Besatzung der *Erzherzog Karl* ist schon vor drei Stunden an Land gegangen, auch der Kapitän und die Offiziere. An Bord können höchstens noch zwei oder drei Wachtposten sein. Ich drückte mich eben noch in dem Gasthaus herum, in das sie alle gegangen sind. Sie müssen eine lange Reise hinter sich haben, denn ihr Durst ist gewaltig. Ich sage Euch, Herr, es gibt jetzt keinen mehr unter ihnen, der nicht stockbetrunken wäre. Mit dem Kapitän ist es am allerschlimmsten. Er lallte bereits, als ich vor einer Viertelstunde wieder aus dem Wirtshaus schlich. – Bei meiner schwarzen Seele, Herr! Jetzt oder nie, das ist mein Rat."

„Schade, daß Ihr Eure Kneipe nicht im Stich lassen und mit mir kommen könnt", murmelte der Condottiere mit ehrlichem Bedauern. „Ihr habt Köpfchen, und ich könnte Euch gut gebrauchen. Doch was soll's? Wenigstens habe ich in Zukunft einen sicheren Zufluchtsort in Eurer Spelunke. Habt jedenfalls Dank und nehmt diese Goldfüchse zum Abschied. Und nun darf ich keine Zeit mehr verlieren."

Mit diesen Worten gürtete der Condottiere den Säbel um seine mageren Hüften, nahm Pistolen und Seesack an sich und ging mit langen Schritten nach unten in die Gaststube. Der Einäugige hatte bereits dafür gesorgt, daß sich in dieser Nacht außer den Leuten, die vom Condottiere angeworben waren, niemand hier aufhielt. Dieser brauchte daher kein Blatt vor den Mund zu nehmen, als er nun mitten unter die wilde Meute trat, die ebenso wie er bis an die Zähne bewaffnet und reisefertig war.

„Es ist soweit, Männer", rief der Condottiere mit lauter Stimme. „Das Schiff, auf das wir es abgesehen haben, liegt im Hafen, fast die ganze Besatzung ist an Land gegangen. Los also! Zeigt, was ihr könnt, denn ich will noch diese Nacht in See stechen. Reiche Beute sei der Lohn für eure Tapferkeit!"

Lautes Jubelgeschrei brach los. Als die Männer jedoch gleich darauf einer nach dem anderen aus der Spelunke huschten, bewahrten sie strengstes Stillschweigen. Der Condottiere führte sie, und nach ein paar Umwegen durch enge, totenstille Gassen war der Liegeplatz der *Erzherzog Karl* erreicht.

Kein Laut kam vom Deck des hochbordigen Seglers, doch war eine menschliche Gestalt am Stern des Fahrzeugs und eine weitere am Bug zu erkennen. Die beiden Matrosen schienen jedoch zu schlafen oder zumindest zu dösen.

Vorsichtig, jede Deckung ausnützend, schlichen die Spießgesellen des Condottiere näher und näher an den Segler heran. Schon hatten die ersten die ausgelegte Laufplanke erreicht. Der Condottiere war wieder ganz vorne, und er enterte auch als erster die *Erzherzog Karl.* Hinter ihm kamen sofort drei, vier weitere geduckte Gestalten. Während die übrigen noch am Ufer warteten, trennte sich diese Vorhut.

Schon stand der Condottiere hinter dem Wachtposten am Stern. Der Mann drehte sich verschlafen um, aber es war bereits zu spät. Dumpf traf der Pistolenkolben des Verräters den

Kopf des Matrosen. Beinahe gleichzeitig sank auch der Mann am Bug auf die Decksplanken. Ein leiser Pfiff des Condottiere – der Rest der Kapermannschaft kam an Bord und zog sofort die Laufplanke ein. Ein Kommando von zehn Mann durchsuchte während der nächsten Minuten das ganze Schiff gründlich vom Mastkorb bis zum Kielschwein. Es hielt sich jedoch kein Besatzungsmitglied mehr an Bord auf. Die *Erzherzog Karl* befand sich in der Hand der Piraten.

Der Condottiere kletterte nun auf die Brücke und gab von dort halblaut seine Befehle. Die Segel wurden gehißt und mit halben Reffs versehen, welche bei Bedarf, wenn man volle Fahrt machen wollte, blitzschnell weggeschlagen werden konnten. Langsam glitt der Anker aus dem schlammigen Hafengrund und wurde an Deck gehievt. Der Condottiere drehte das Steuer hart nach Backbord. Die *Erzherzog Karl* löste sich von der Mole. Ein paar der Piraten warfen die beiden überwältigten Matrosen über Bord; arg zerschunden und stöhnend landeten sie halb auf den Molensteinen, halb im seichten Wasser.

Dann hob sich das Bugspriet des stolzen Seglers und wandte sich der offenen See zu. Eine Meile außerhalb des Hafens ließ der Condottiere die Reffs aus den Segeln nehmen; das Schiff nahm mit südlichem Kurs volle Fahrt auf.

Niemand im Hafen hatte den Kaperstreich bemerkt. Und als am nächsten Morgen die Besatzung, noch halb betäubt vom Wein, an Bord gehen wollte und den Liegeplatz leer fand, war es bereits zu spät. Denn zu diesem Zeitpunkt befand sich die *Erzherzog Karl* schon siebzig Meilen weiter südlich und passierte eben das Kap Promontorie. Der Weg ins adriatische Meer stand ihr damit nach allen Himmelsrichtungen hin offen, und der Condottiere konnte es jetzt wagen, die österreichische Flagge am Mast niederzuholen und statt dessen den weißen Totenschädel auf schwarzem Grund zu hissen – das Seezeichen der Piraten auf allen sieben Weltmeeren ...

Entführt

Wiederum zwei Wochen nach der hinterhältigen Kaperung der *Erzherzog Karl* konnten die Reiter der *Blauen Rose* endlich ihren Weg nach Ragusa fortsetzen. Annabelle sah immer noch blaß und angegriffen aus, auch wenn das gebrochene Schlüsselbein überraschend schnell ausgeheilt war. Der dreiwöchige Aufenthalt in einem einfachen Gasthaus am Ufer des Plattensees hatte sie doch ziemlich mitgenommen und entnervt. Annabelle hatte sich ja nicht wie ihre vier Gefährten die Zeit mit langen Ritten in die Umgebung oder ausgedehnten Bootsfahrten auf dem See vertreiben können. So war sie nun heilfroh, daß die unterbrochene Reise nach Ragusa endlich fortgesetzt werden konnte.

Während der folgenden Tage hielten sich die Reiter immer südöstlich, bis sie endlich Agram erreichten. Dann näherten sie sich, Degen und Pistolen griffbereit, im Lauf der folgenden Woche dem Städtchen Czettin, das direkt an der kroatisch-türkischen Grenze lag. In diesem Abschnitt der Reise war äußerste Vorsicht geboten, denn wenn auch die Türken erst kürzlich in den Karpaten eine Schlacht verloren hatten, so bedrohten sie doch hier, auf dem Balkan, immer wieder durch plötzliche Überfälle und kleine Scharmützel die österreichischen Grenzregionen. Die Reiter der *Blauen Rose* hatten jedoch Glück. Unbehelligt konnten sie das zuzeiten hart umkämpfte Niemandsland hinter sich bringen. Anschließend schlugen sie sich quer durch Dalmatien bis Spalato durch. Mehr als zwei Wochen waren vergangen, seit sie das Gasthaus am Plattensee verlassen hatten.

Man schrieb jetzt bereits Mitte September, und wenn die Gefährten an Wien dachten, dann meinten sie zu sehen, wie sich das Laub an den Bäumen der breiten Alleen allmählich golden färbte und den Herbst ankündigte. Auf dem Balkan jedoch schien ewiger Sommer zu herrschen. Es war noch immer heiß, die Früchte auf den Feldern und in den Gärten waren prall, und auf dem letzten Wegstück hatten sie immer wieder das tintenblaue Mittelmeer am Horizont aufleuchten sehen. Auf dem Meer legten sie auch die letzte Etappe nach Ragusa zurück, der uralten Handelsstadt in der äußersten Südecke des riesigen Habsburgerreiches. Der Weg durch den zerklüfteten Süden Dalmatiens mit seinen zahllosen Meeresbuchten, Inseln und Gebirgen wäre für die Pferde zu anstrengend gewesen. So brachte sie mehr als fünf Wochen nach ihrem Aufbruch in Ungarn ein kleiner Küstensegler endlich in den aus mächtigen Granitblöcken erbauten Hafen von Ragusa.

Während der letzten Tage hatte es Germain ungestüm vorwärtsgedrängt. Der Küstensegler, der scheinbar so langsam die Wellen durchschnitt, hatte ihn beinahe zum Wahnsinn getrieben. Als die Schute nun endlich an der Mole von Ragusa festmachte, war der Anführer der *Blauen Rose* nicht mehr zu halten. „Heute brauchen wir uns kein Quartier zu suchen", rief er übermütig den Gefährten zu. „Wir werden schnurstracks zum Palais meiner Mutter, der teuren Komteß von Walden, reiten. Endlich, endlich werde ich meine Mutter umarmen können!"

Als erster von allen Passagieren zog Germain seinen Hengst über die inzwischen ausgelegte Planke. Die Freunde folgten ihm ebenso eilig. Sie wußten ja nur zu gut, was die Ankunft in Ragusa für ihren Anführer bedeutete. Kaum stand Grampian auf den rechteckigen Quadern der Mole, als sich Germain auch schon in den Sattel schwang, die leicht geschwungene Hafenbefestigung hinauftrabte und erst vor dem Gebäude der kaiserlichen Zollstelle anhielt. Germain lief hinein. Die Gefährten warteten draußen. Es dauerte nur ein paar Minuten, dann war ihr Anführer zurück.

„Nun?“ rief Annabelle neugierig.

„Das Palais liegt auf der anderen Seite des Hafens“, antwortete Germain. „Dort drüben.“ Er deutete auf ein blendend weißes Gebäude, das sich deutlich vom Grün der Oliven- und Zypressenhaine abhob. „Wir können es überhaupt nicht verfehlen.“

„Dann nichts wie los“, forderte Jean die Freunde auf und gab seinem Tier die Sporen. Die fünf Reiter trabten vom Hafengelände und suchten sich ihren Weg quer durch die von strotzendem Leben erfüllte, schon sehr südländisch anmutende Stadt. Nach etwa zwanzig Minuten hatten sie das Gewirr von Gassen, Plätzen und Basaren hinter sich gebracht. Sanft stieg das Gelände hier auf der anderen Seite der Bucht an. Jetzt kamen sie durch Gärten, passierten uralte, schattige Baumbestände. Unter ihnen leuchtete tiefblau das Adriatische Meer. Und dann tauchten die Mauern der Villa vor den Reitern der *Blauen Rose* auf. Das Palais lag malerisch inmitten eines gepflegten Parks, in dem in allen Farben des Regenbogens südländische Blumen blühten.

Unter dem Parktor zügelte Germain seinen Hengst. „Hier also lebt sie“, murmelte er ergriffen. „Hierher also hat sich meine Mutter geflüchtet, weil ein heimlicher Kummer an ihrem Herzen zehrte und sie das Dasein am Kaiserhof nicht mehr ertragen konnte.“ Er warf einen langen Blick auf die Blumenpracht im Park und fügte leise hinzu: „Sie selbst muß diese wunderschönen Beete angelegt haben. Sie muß gut sein . . .“

Keiner der Gefährten störte Germain bei seinen sentimentalen Betrachtungen. Alle vier verstanden nur zu gut, was in diesem Augenblick in seinem Herzen vorging. – Endlich überwand Germain seine Rührung. „Kommt“, forderte er die Freunde auf. „Wir wollen nun keine Zeit mehr verlieren.“ Ein leichter Ruck am Zügel, Grampian zog mit weitgreifenden

Schritten auf das Palais zu.

Je näher Germain jedoch der weißen Villa kam, um so langsamer wurde der Gang seines Hengstes. Dann, er hatte die elegant geschwungenen Portaltreppen noch nicht erreicht, ließ sich der Anführer der *Blauen Rose* plötzlich aus dem Sattel gleiten. Erstaunt umringten ihn die Freunde.

„Was ist los?" erkundigte sich Rory in seiner direkten Art. „Hast du plötzlich Angst vor dem Wiedersehen mit deiner Mutter?"

Germain antwortete nicht gleich. Er deutete nur wortlos auf die zahlreichen Fenster der Villa. Da wurde auch seinen Gefährten bewußt, daß überall die Läden vorlagen, daß trotz des herrlichen Wetters kein einziges Fenster geöffnet war.

„Seltsam", murmelte Jean. „Sollte die Komteß etwa verreist sein?"

„Nachdem sie seit zwanzig Jahren hier in diesem Palais zurückgezogen lebte – unmöglich", erwiderte Germain. „Mich quälen auf einmal die schlimmsten Befürchtungen. Etwas stimmt hier nicht." Unwillkürlich griff seine Rechte nach dem Degengriff. Dann setzte er entschlossen hinzu: „Wir werden aber schnell herausfinden, was hier los ist." Er warf Grampians Zügel Denghizik zu, der sie geschickt auffing, und stürmte mit langen Sätzen die Freitreppe hinauf. Dumpf dröhnte gleich darauf der silberne Türklopfer; die Töne schienen durch das ganze Haus zu hallen. Doch sonst war kein Laut zu vernehmen. Germain wartete eine Minute lang, dann hämmerte er noch einmal gegen die schwere Zederntür. Jetzt hatten seine Bemühungen Erfolg. Von drinnen hörte er schlurfende Schritte, dann wurde die Tür langsam geöffnet. Germain sah sich einem alten Lakaien gegenüber, der ihn ängstlich anstarrte und in der zitternden Hand eine uralte Pistole mit trompetenförmigem Lauf hielt. Über die Schulter des Alten lugte verstört eine ebenfalls sehr betagte Frau in Zofenkleidung.

„Was ist los? Was wollt Ihr? Es ist niemand zu Hause", krächzte der Lakai in italienischer Sprache, doch mit starkem deutschen Akzent. Germain entging es nicht, daß unterdrückte Angst in seiner Stimme mitschwang.

„Du brauchst dich nicht zu fürchten", antwortete der Anführer der *Blauen Rose*. „Meine Freunde und ich wollen euch nichts Böses antun." Germain hatte deutsch gesprochen und fuhr nun fort: „Wie du hören kannst, sind wir Landsleute. Mein Name ist Germain, und ich bin ein Freund seiner Majestät, Kaiser Karls VI. – Und nun leg deine Pistole weg, ehe noch ein Unglück geschieht."

„Vom Kaiser kommt Ihr", staunte der Alte, wobei er das vorsintflutliche Schießeisen in der Rocktasche verschwinden ließ. „Ich glaube es. Ihr sprecht Wiener Mundart. Doch sagt, Herr, was führt Euch nach Ragusa und in dieses Haus?"

„Ich suche die Komteß von Walden", entgegnete Germain. „Ist sie zu Hause? Wenn ja, wäre ich dir dankbar, wenn du mich sofort melden würdest. Du kannst der Komteß sagen, daß ich . . ."

Germain kam nicht mehr dazu, den eigentlichen Grund seines Hierseins zu erklären, denn die Zofe, die bis jetzt stumm hinter dem Alten gestanden hatte, brach plötzlich in lautes Schluchzen aus. Germain trat unwillkürlich ins Haus und legte mitleidig den Arm um sie. Und wiederum mußte er dabei an die verschlossenen Fenster der Villa denken – auch an die Pistole des alten Hausdieners. Es war etwas passiert, er wußte es jetzt. Doch er mußte Gewißheit haben.

„Beruhige dich. Du hörtest doch, daß wir Freunde sind", redete Germain der Zofe gut zu. Und während nun auch die Gefährten ins Haus kamen, streichelte Germain sanft die Schultern der alten Frau. Langsam ließ das Schluchzen nach, doch immer noch standen Tränen in ihren gütigen Augen. Obwohl Germain vor Ungeduld fast zerspringen wollte, wartete er, bis die Zofe wieder ansprechbar war. Endlich tat sie einen tiefen Atemzug, und der Anführer der *Blauen Rose* forderte sie auf: „Sprich jetzt! Was ist in dieser Villa geschehen? Wo befindet sich die Komteß von Walden?"

Da brach es wie ein Wasserfall aus der Zofe heraus: „Gütiger Gott! Wißt Ihr denn nicht, gnädiger Herr, daß die Komteß entführt wurde? Ist es denn möglich, daß Ihr von dem Unglück nichts gehört habt? Ich war ja auf dem Markt, als es passierte. Aber Ferdinand", sie deutete auf den Lakaien, „Ferdinand kann Euch alles berichten. Mein Gott, welches Unglück! Welch furchtbares Unglück!" Und erneut brach die alte Frau in Tränen aus.

Germain warf dem Lakaien einen auffordernden Blick zu. „Ruhig, Theresa", murmelte dieser. „Deine Tränen helfen auch nicht weiter." Dann wandte er sich den Reitern der *Blauen Rose* zu: „Ich werde Euch alles berichten. Genauso, wie es sich zugetragen hat. Aber wollt Ihr mir nicht in den Salon folgen? Es widerstrebt mir, über diese Dinge zwischen Tür und Angel zu sprechen."

Germain und seine Gefährten hätte das nicht gestört. Im Augenblick dachten sie nur: Die Komteß entführt . . . entführt . . . entführt. Trotzdem folgten sie Ferdinand und Theresa in den Salon.

„Und jetzt berichte alles, was du weißt", forderte Germain den Alten auf. „Nimm kein Blatt vor den Mund, verschweige nichts. Ich bin ein naher Verwandter der Komteß."

Erstaunt blickten Ferdinand und Theresa auf. Gleichzeitig begann der alte Mann seinen Bericht: „Genau dreizehn Tage sind nun vergangen, seit das Unglück geschah. Ich befand mich mit der Herrin allein im Haus, denn Theresa war zum Fischmarkt gegangen. Die gnädige Frau hielt sich im Musikzimmer auf, während ich die Bände in der Bibliothek abstaubte. Da jagten plötzlich sechs oder sieben Reiter – genau konnte ich sie nicht zählen – in den Park. Einer blieb bei den Pferden, die anderen stürmten sofort das Palais. Sie waren mit Messern, Säbeln und Pistolen bewaffnet. Schon oft hatte ich der Herrin Vorhaltungen gemacht, weil sie allein mit Theresa und mir hier draußen lebte. Sie aber hatte mich stets nur ausgelacht. Jetzt war es zu spät. Ich wollte noch nach der alten Pistole suchen, die mein Vater mir vererbte, doch einer der Banditen schleuderte mich so hart gegen ein Regal, daß ich nicht mehr auf die Beine kommen konnte. Hilflos mußte ich mitansehen, wie die Horde nun nach oben stürmte. Gleich darauf hörte ich die Komteß um Hilfe rufen."

Ferdinand unterbrach sich, denn Germain knirschte laut mit den Zähnen. „Sprich weiter!" befahl der Anführer der *Blauen Rose.*

„Die Schurken müssen die Komteß blitzschnell überwältigt haben, denn höchstens eine Minute später kamen sie schon wieder die Treppe herunter. Meine Herrin schien ohnmächtig gewesen zu sein. Zwei Männer schleppten sie zwischen sich. Dann trat der Anführer der Bande zu mir, ein großer, hagerer Mensch mit langen strähnigen Haaren und auffallend tiefliegenden Augen. Er drohte mir, sich fürchterlich zu rächen, wenn ich in der nächsten Stunde Hilfe holen sollte. Ich versprach es, hatte aber natürlich nicht vor, dieses erzwungene Versprechen auch zu halten. Der Anführer der Banditen verschwand und galoppierte ein paar Sekunden später mit seiner Bande und der armen Herrin davon."

„Was unternahmst du?" fragte Jean. Der Franzose hatte die Faust um den Griff einer seiner Pistolen gekrampft.

„Ich rannte hinaus", erzählte Ferdinand weiter. „Ich rief um Hilfe, obwohl die Banditen mich wahrscheinlich noch hören konnten. Aber – ich sagte es bereits – diese Villa liegt sehr einsam. Ich mußte beinahe bis zur Altstadt laufen, ehe ich auf einen Gendarmen stieß. Der glaubte mir zunächst meine Geschichte nicht. Er bildete sich ein, ich sei betrunken. So verstrich nochmals eine halbe Stunde, ehe sich schließlich ein kleiner Trupp Gendarmen an die Verfolgung machte. Ich sagte ihnen, daß die Schurken in Richtung auf die Bucht von Calamota geflohen seien. Mehr konnte ich nicht für die Herrin tun." Ferdinand seufzte schwer.

„Sie konnten die Entführer wohl nicht mehr stellen?" fragte Germain überflüssigerweise.

„Nein", antwortete der alte Diener. „Die Gendarmen ritten zur Bucht. Sie fanden dort die ledigen Pferde, welche einem Bauern ganz in der Nähe gehörten, wie sich später herausstellte. Und draußen auf der Reede strebte ein Dreimastsegler mit voller Leinwand und südlichem Kurs dem offenen Meer zu. Einer der Gendarmen hatte ein Fernrohr bei sich. Er konnte den Namen des Schiffes noch entziffern. Es handelte sich um die *Erzherzog Karl.*

„Was geschah weiter?" drängte Germain. „Machte man sich nicht sofort an die Verfolgung der Verbrecher?"

Ferdinand schüttelte bedauernd den Kopf. „Nein", sagte er, „das wagte niemand. Ragusa ist ein reiner Handelshafen, und obwohl ich auf eigene Faust eine Belohnung von tausend Gulden für denjenigen aussetzte, der die Komteß erretten würde, wagte sich keiner der Handelskapitäne auf See, um dem Dreimaster nachzusetzen. Ich bat und bettelte – es war alles umsonst. Der Segler verschwand spurlos, ohne daß auch nur ein einziger Schuß auf ihn abgefeuert wurde."

„Gottverdammte, feige Pfeffersäcke!" knirschte Denghizik, der Mongole, mit vor Zorn dunkelrotem Gesicht. „Weiter gibt es wohl nichts zu berichten, Alter?"

„Doch." Ferdinand schien es kaum zu wagen, in seiner Erzählung fortzufahren, ermannte sich aber. „Zwei Tage vergingen. Dann kam mit einem Kuriersegler aus Triest die Nachricht, daß aus dem dortigen Hafen eben jene *Erzherzog Karl* in einem hinterlistigen Handstreich entführt worden war – nachts, während sich fast die ganze Besatzung an Land aufhielt. Gleichzeitig verschwanden aus Triest etwa dreißig zwielichtige Seeleute, welche allesamt im Verdacht gestanden hatten, schon öfter einmal unter der Totenkopfflagge gesegelt zu sein. Und bei dem hageren Mann, der sie führte, soll es sich sogar um einen besonders gefährlichen Staatsverbrecher gehandelt haben, welcher vor wenigen Monaten gar versuchte, den Kaiser zu ermorden. Der Kapitän aus Triest beschrieb diesen Piratenkapitän ganz genau – es war derselbe Mann, den ich hier in der Villa sah. – Dreizehn Tage sind nun seit der Entführung verstrichen", schloß Ferdinand. „Und ich konnte nichts weiter tun, als mich in einem Brief an seine Majestät persönlich zu wenden und um Hilfe für meine Herrin zu flehen."

Eine minutenlange Stille herrschte nach den letzten Worten des weißhaarigen Dieners. Endlich brach Germain das Schweigen. „Meine Mutter wurde also von Piraten entführt. Seit dreizehn Tagen befindet sie sich in ihrer Gewalt!" klagte er.

„Jammern und Klagen hilft nichts, Geliebter!" Annabelle hatte mit beiden Händen die Rechte Germains gepackt und schaute ihm eindringlich in die Augen. „Du hast noch niemals aufgegeben. Du wirst es auch jetzt nicht tun. Du wirst deine Mutter befreien und sie in die Arme schließen, Germain!"

„Wir reiten sofort zum Hafen, besorgen uns ebenfalls ein Schiff und jagen die Schurken – wenn es sein muß, über alle sieben Weltmeere", rief Jean hitzig, wobei er mit der Pistole herumfuchtelte, als hätte er die Piraten bereits vor dem Lauf.

„Jeans Vorschlag ist gut", stimmte auch Rory, der rotbärtige, hünenhafte Ire zu. „Denk daran, Germain, alter Freund, daß wir schon früher so manches Scharmützel auf See erlebt haben."

„Wir werden deine Mutter befreien", äußerte Denghizik. „Doch sollten wir jetzt wirklich keine Zeit mehr verlieren.

Kopf hoch, Germain – und laß uns so schnell wie möglich zum Hafen aufbrechen."

Da richtete sich die eben noch schmerzlich zusammengesunkene Gestalt des Anführers der *Blauen Rose* kerzengerade auf. „Ihr habt recht, Freunde", sagte er. „Ich ließ mich von meinem Schmerz übermannen. Doch jetzt bin ich wieder ich selbst. Es ist meine Pflicht, alles Menschenmögliche zu versuchen, um meine Mutter aus den Klauen dieser Teufel zu retten. – Ich trage immer noch den kaiserlichen Schutzbrief bei mir, den seine Majestät mir bei der Abreise aus Wien gab. Dieser Brief wird uns ein Schiff, Proviant, Waffen und Besatzung verschaffen. Theresa, Ferdinand, lebt wohl. Entweder kehre ich mit meiner Mutter in dieses Haus zurück – oder ich komme überhaupt nicht wieder."

Mit diesen Worten machte der Anführer der *Blauen Rose* auf dem Absatz kehrt und stürmte aus dem Salon. Die Gefährten folgten ihm auf dem Fuß. Eben wollten sie draußen auf die Pferde steigen, als sich von der Stadt her rasender Hufschlag näherte.

Germain schien in seiner Verwirrung an einen zweiten Überfall zu denken, denn schon hielt er seinen gefürchteten Degen in der Faust. Er ließ die Waffe jedoch schnell wieder in der Scheide verschwinden, als er sah, daß sich nur ein einzelner Reiter näherte und daß der Mann außerdem die Uniform eines kaiserlichen Eilkuriers trug.

Gespannt warteten Germain und seine Freunde ab. Der Kurier jagte jetzt quer durch den Park, galoppierte bis zum Portal der Villa und sprang direkt vor den Reitern der *Blauen Rose* aus dem Sattel. Gesicht und Kleidung des Mannes waren verschwitzt. Er warf kurze, forschende Blicke auf die Gesichter der fünf Personen vor dem Palais, dann wandte er sich an Germain: „Ihr seid der Anführer der *Blauen Rose.* Ich habe Euch in Wien gesehen."

Germain nickte. Auch er erinnerte sich nun an die Züge des Reiters. Er wußte, daß dieser Mann ebenso wie er selbst im persönlichen Dienst des Kaisers stand. „Du bringst eine Botschaft für mich?“ fragte Germain.

„Ja, Herr.“ Der Kurier wischte sich den Schweiß von der Stirn und holte eine versiegelte Depesche aus seiner Satteltasche. „Das Schreiben ist von seiner Majestät persönlich“, erklärte er. „Rittmeister von Wolfsegg meldete bei seiner Ankunft in Wien, daß Ihr nach Ragusa geritten wärt, um hier die Komteß Elisabeth von Walden aufzusuchen. Nur deswegen konnte ich Euch ausfindig machen. Seine Majestät, der Kaiser, erteilte mir strikten Befehl, diesen Brief nur Euch persönlich auszuhändigen.“ Der Kurier reichte Germain die Depesche. „Es scheinen schlimme Dinge geschehen zu sein“, setzte er vertraulich hinzu.

Germains Gesicht verdüsterte sich. Mit Hilfe des Dolches erbrach er das prächtige kaiserliche Siegel. Die Gefährten drängten sich im Kreis um ihn. Halblaut las der Anführer der *Blauen Rose* vor: „Karl VI., Kaiser von Österreich, König von Ungarn et cetera. – Mein teurer Freund Germain! Ich sende Euch dieses Schreiben durch meinen zuverlässigsten und schnellsten Kurier. Daraus mögt Ihr bereits die Bedeutung der Depesche ersehen. Von Herzen hätte ich Euch ein ungestörtes Wiedersehen mit Eurer Frau Mutter in Ragusa gegönnt. Leider jedoch muß ich Euch erneut um Eure Dienste bitten. – Ihr konntet in den Karpaten jenen Condottiere, der sich gegen Uns und das Reich verschwor, unschädlich machen und gefangennehmen. Dem Condottiere gelang jedoch zwischen Budapest und Wien die Flucht. Es geschah während eines fürchterlichen Gewittersturms ...“

Betroffen ließ Germain die kaiserliche Depesche sinken. „Der Condottiere erneut entkommen!“ murmelte er entsetzt. Seine Begleiter gaben ihren Gefühlen mit ähnlichen Ausrufen Ausdruck. „Hätte ich ihm während des Gefechts in den Karpaten bloß eine Kugel durch den Kopf gejagt!" zürnte Jean. „Es wäre besser gewesen", bestätigte Rory. „Komm, lies weiter, Germain. Wir müssen alles wissen."

Germain folgte der Aufforderung des Iren: „Ist diese Flucht des Schurken an sich schon äußerst gefährlich für das Reich, so ergaben Nachforschungen in unseren Archiven jedoch außerdem, daß besagter Condottiere sich in früheren Zeiten auch als Seeräuber betätigt und der österreichischen Flotte großen Schaden zugefügt hat. Wie ferner beobachtet wurde, schlug der Flüchtige den Weg an das Adriatische Meer ein. Wir vermuten daher, daß er erneut eine Korsarenflotte zusammenstellen will, um seine schurkischen Absichten, die Ihr, teurer Freund, in den Karpaten vereiteln konntet, nun auf diese Weise doch noch durchzuführen. Wir erteilen daher dem Geheimbund der *Blauen Rose* den Auftrag, besagten Condottiere erneut – und diesmal für immer – unschädlich zu machen. Gott sei mit Euch, Germain, und mit Euren Freunden. – Karl VI., Kaiser von Österreich."

Minutenlang sprach keiner ein Wort, nachdem Germain geendet hatte. Dann äußerte der Anführer der *Blauen Rose* langsam: „Der Condottiere entkommen – und nach Triest gegangen. Kurz darauf wurde dort die *Erzherzog Karl* gekapert und entführt. Ein paar Tage später tauchte dasselbe Schiff hier auf. Die Besatzung verschleppte meine Mutter. Und Ferdinand beschrieb den Anführer der Korsaren ganz genau: Groß, hager, lange strähnige Haare, tiefliegende Augen. – Freunde, für mich besteht kein Zweifel mehr: Es war kein anderer als der schurkische Condottiere, welcher dieses Palais überfiel. Ihr seid doch meiner Meinung?"

Alle vier Freunde nickten.

Germain legte die Hand auf den Degengriff. Er wandte sich an den Kurier und trug ihm auf: „Reite spornstreichs zurück nach Wien und melde seiner Majestät, daß ich den Auftrag ausführen werde. Ich werde den Condottiere unschädlich machen – und diesmal für immer, wie der Kaiser befohlen hat."

Der Eilkurier salutierte, schwang sich in den Sattel und galoppierte davon. Germain bestieg ebenfalls seinen Hengst. „Zum Hafen", befahl er. „Wir dürfen keinen Augenblick mehr vertrödeln. Denn jetzt muß ich den Condottiere vor die Klinge bekommen – und wenn er sich in der Hölle selbst verstecken sollte!" Dann setzte der Anführer der *Blauen Rose* die Sporen ein. Grampian bäumte sich und jagte wie der Wind davon. Germains Freunde folgten ihm dichtauf.

Dem Korsaren auf der Spur

Germain hatte gehofft, im Hafen von Ragusa mit Unterstützung der örtlichen Behörden sofort ein Schiff zu bekommen, mit dem er die Verfolgung des Condottiere aufnehmen konnte. Doch ebenso wie nach dem Überfall des Korsaren auf die Villa der Komteß von Walden bewiesen die Ragusaner auch jetzt, daß sie ein umständliches Völkchen waren. Den ganzen restlichen Tag über rannten die Mitglieder der *Blauen Rose* vom Hafenkapitän zum Zeugmeister des örtlichen Arsenals – und wieder vom Zeugmeister zum Hafenkapitän. Die Beamten sahen das kaiserliche Geleitschreiben Germains und gaben sich alle Mühe, ihm zu Diensten zu sein. Doch ein Schiff, wie er es brauchte, konnten sie ihm trotzdem nicht beschaffen. Immerhin jedoch standen am Abend dieses Tages acht Kanonen, die mit Zwanzigpfundkugeln oder Schrappnells geladen werden konnten, in der Zeugmeisterei bereit. Ebenso genügend Proviant für mehrere Wochen. Nur gab es eben kein Schiff, auf das man diese schönen Dinge hätte verladen können. Notgedrungen mußten die Gefährten deswegen in Ragusa übernachten;

sie suchten zu diesem Zweck noch einmal die Villa der Komteß auf.

Am nächsten Tag hatten sie Glück. Schon im ersten Tageslicht ritten sie wieder hinunter in die Stadt, und sie hatten den Hafen noch nicht erreicht, als Denghizik auf einmal seinen Wildpferdhengst zügelte, sich in den Bügeln aufstellte, die Augen mit der Hand beschattete und nach Westen auf die See hinausspähte. Natürlich hielten nun auch die Gefährten an und folgten dem Blick des Mongolen. Und nun erkannten auch sie weit draußen auf der Reede die weiß schimmernden Segel.

„Das Schiff scheint nach Ragusa einzulaufen", vermutete Germain.

„Ja, das tut es – und es segelt schnell wie der Wind", bestätigte Denghizik, der früher, als er noch nicht dem Geheimbund *Blaue Rose* angehörte, selbst als Offizier zur See gefahren war. „Es scheint sich um einen Schoner zu handeln", setzte er nach einer Weile hinzu. „Los, zum Hafen! Wir sollten ein Wort mit dem Kapitän sprechen, sobald der Segler angelegt hat."

Germain nickte. „Wollen wir hoffen, daß wir heute mehr Glück haben als gestern", sagte er. Dann trabte er allen anderen voran los.

Obwohl der Schoner noch mindestens drei Seemeilen landab gelegen hatte, als Denghizik ihn erspäht hatte, brauchten die Gefährten höchstens eine halbe Stunde zu warten. Dann schoß der Zweimaster in elegantem Bogen in das Hafenbecken, schor vor der Kaimauer gekonnt weg und drehte bei. Die Segel fielen, der Anker klatschte ins Wasser, das Schiff lag fest an seinem Ankerplatz.

„Der Kapitän versteht sein Handwerk", murmelte Denghizik anerkennend. „Aber das ist kein Wunder", meinte er, nachdem er einen Blick auf die Flagge am Toppmast geworfen hatte. „Der Schoner zeigt die Farben der Ostindischen Handelskompanie. Er scheint also in den Niederlanden registriert zu sein und kommt wahrscheinlich direkt aus Indien oder Batavia. Nur die besten Seeleute wagen sich auf diese Reisen um die halbe Welt. Du solltest also mit deinem Gold nicht geizen, Germain. Wenn wir dieses Schiff mieten können, ist die Komteß schon so gut wie befreit."

„Dein Wort in Gottes Ohr", erwiderte der Anführer der *Blauen Rose.* Er sprang aus dem Sattel und winkte einem herumlungernden Halbwüchsigen. „Kümmere dich um unsere Pferde. Ich gebe dir nachher einen Gulden", sagte er. Dann wandte er sich an die Gefährten: „Kommt, wir wollen an Bord gehen. Jede Minute ist kostbar!"

Die Gefährten turnten auf der inzwischen ausgelegten Laufplanke von der Hafenmauer zum Schiff hinüber. Einer nach dem anderen sprangen sie vom Schanzkleid auf das sauber geschrubbte Deck, um gleich darauf wie vom Donner gerührt zu erstarren.

Denn direkt ihnen gegenüber, an das Steuerrad gelehnt, stand ein guter alter Bekannter, den hier in Ragusa zu treffen sie am allerwenigsten erwartet hatten.

„Kapitän Fagnet!" rief Germain, der als erster die Sprache wiederfand. „Bei Gott, alter Freund, Euch muß das Schicksal selbst in diesen Hafen geführt haben." Und der Anführer der *Blauen Rose* eilte auf den Seemann zu und schüttelte ihm freudig beide Hände.

Der mit Fagnet angesprochene Kapitän war nicht weniger überrascht als Germain und dessen Gefährten. Mit starren Augen stand der große, schlicht gekleidete, etwa sechzigjährige Mann da, ehe auch er sich wieder faßte. „Germain, Annabelle, Jean, Rory, Denghizik!" rief er, wobei sich seine Wiedersehensfreude bei jedem einzelnen Namen noch zu steigern schien. „Das ist vielleicht eine Überraschung!" Er wandte sich seinem Steuermann zu und gab ihm den Befehl: „Kümmere du dich um das Schiff. Veranlasse, daß die Ladung so schnell wie möglich gelöscht wird. Ich will mich meinen Freunden widmen." Dann schüttelte er seinerseits jedem einzelnen der so unverhofft an Bord aufgetauchten Besucher die Hand und bat: „Kommt in meine Kajüte. Wir wollen unser Wiedersehen mit einem gemeinsamen Frühstück feiern." – Natürlich ließen sich das die Gefährten nicht zweimal sagen. Mit fröhlichen Gesichtern folgten sie dem Kapitän nach unten. Und alle fünf dachten dabei daran, unter welch abenteuerlichen Umständen sie vor Jahren den Kapitän kennengelernt hatten ...

Fagnet war ein adliger Hugenotte und hatte einst in Frankreich ausgedehnte Ländereien besessen. Ludwig XIV. jedoch, der Sonnenkönig, hatte bald begonnen, die Hugenotten in seinem Land zu verfolgen, da sie einem anderen Glauben anhingen als dem alles beherrschenden Katholizismus. Fagnet hatte wie so viele Hugenotten fliehen müssen. Heimatlos mußte er sich nun als Kapitän eines Handelsschiffes sein Brot verdienen.

Die Reiter der *Blauen Rose* waren dem Kapitän vor nunmehr acht Jahren zum erstenmal begegnet, als er sie auf seinem Schiff unter Lebensgefahr an einer französischen Blockadeflotte vorbei nach Spanien brachte, wo sie dann einen hochpolitischen Auftrag des Kaisers ausführten. Damals hatten sie den Mut und die Umsicht des Hugenottenkapitäns schätzen gelernt. Und nun, da ihnen ein neues, gefährliches Abenteuer bevorstand, tauchte ausgerechnet dieser bewährte Mann wieder auf. Das war der Grund für die außerordentliche Freude der fünf Gefährten. Konnten sie doch nun so gut wie sicher sein, Schiff und Mannschaft zur Verfolgung des Condottiere gefunden zu haben.

Kapitän Fagnet schien zu ahnen, daß sich die Reiter der *Blauen Rose* nicht zum Vergnügen in Ragusa aufhielten. „Ihr führt wohl wieder einen brandeiligen Auftrag des Kaisers aus?" erkundigte er sich, nachdem man es sich am großen Kapitänstisch bei Kaffee und einem kräftigen Imbiß bequem gemacht hatte.

Germain nickte. Er sah keinen Grund, dem tapferen Hugenotten irgend etwas zu verschweigen. „Wir sind tatsächlich hinter einem äußerst gefährlichen Verbrecher her", erklärte er. „In Wien versuchte er, den Kaiser zu ermorden, und nun macht er als Korsar das östliche Mittelmeer unsicher. Außerdem hat er meine Mutter entführt ..."

„Zum Donnerwetter!" entfuhr es dem Kapitän. „Erzählt, Germain. Ich muß alles wissen!"

Das tat der Anführer der *Blauen Rose* während der nächsten Stunde auch. Er berichtete Fagnet alles, was sich während der letzten Monate zugetragen hatte. Dann schloß er: „Der Condottiere verließ Ragusa genau heute vor zwei Wochen – mit meiner Mutter an Bord seines gestohlenen Dreimasters, der *Erzherzog Karl.* Wir sind erst gestern hier eingetroffen und suchten den ganzen Tag über verzweifelt nach einem Schiff, mit dem wir die Verfolgung aufnehmen können. Aber wir hatten kein Glück. Deshalb, Kapitän, möchte ich eine große Bitte an Euch richten. Wollt Ihr nicht zum zweitenmal Seite an Seite mit uns kämpfen?"

„Ihr wollt dem Schurken auf meinem Schiff, der *Flamingo,* nachsetzen, verstehe ich Euch recht?" erkundigte sich der Hugenotte. „Nehmt es mir nicht übel, Germain. Die *Flamingo* ist ein Handelsschoner, kein Kriegsschiff. Und der Pirat wird mit Sicherheit ausgezeichnet bewaffnet sein."

„Das wissen wir", mischte sich Denghizik ein. „Die *Erzherzog Karl*, welche der Condottiere in Triest kaperte, ist ein Dreimaster der österreichischen Kriegsflotte. Aber im Zeughaus von Ragusa liegen acht Zwanzigpfünder für uns bereit, und ich denke, mit ihrer Hilfe könnte es uns schon gelingen, die *Flamingo* kampftüchtig zu machen. Natürlich nur, wenn Ihr damit einverstanden seid."

„Nun, das ändert natürlich die Sachlage", meinte der Hugenottenkapitän nachdenklich. „Hier an Bord befinden sich vier

Achtpfünder und zwei Drehbassen, das macht zusammen vierzehn Kanonen. Doch, damit könnten wir eine Chance haben, wenn es uns nur gelingt, den Gegner auszusegeln. – Übrigens trägt das gekaperte Schiff nicht mehr den Namen, den Ihr vorhin nanntet."

„Ihr . . . Ihr habt von dem Korsaren gehört", erkundigte sich Annabelle aufgeregt.

„Allerdings", bestätigte Fagnet. „Als ich vor einer Woche die nordgriechische Küste passierte und dort den einen oder anderen Hafen anlief, hörte man in den Spelunken nichts anderes als immer nur neue Geschichten über diesen Condottiere. Er hat mehrere Dörfer und kleine Städte überfallen und dort geraubt, gebrandschatzt und gemordet. Und das gekaperte Schiff hat er umbenannt. Der Dreimaster trägt jetzt den Namen *Terror* am Bug, wobei sich der Korsarenkapitän alle Mühe gibt, dem Wort Ehre zu machen."

„Ein Grund mehr, ihn zu stellen und zu versenken", rief Jean hitzig. „Sagt, Fagnet! Wollt Ihr uns den Gefallen tun und mit der *Flamingo* die Jagd auf den Piraten aufnehmen?"

Einen Augenblick lang starrte der Hugenotte nachdenklich aus dem Bullauge. Dann straffte sich seine Gestalt, seine Augen blitzten, und er antwortete: „Ich will es tun – in Gottes Namen. Wir werden noch einmal Seite an Seite kämpfen."

Germain sprang auf und schüttelte Fagnets Hände. Die Gefährten folgten seinem Beispiel. Dann fuhr der Kapitän fort: „Der Pirat hat zwei Wochen Vorsprung, wir dürfen deshalb keine Zeit mehr verlieren. Ich werde mich jetzt selbst um das Löschen der Ladung, die ohnehin für Ragusa bestimmt war, kümmern. Sorgt Ihr inzwischen dafür, daß die Kanonen unverzüglich an Bord kommen. Wollt Ihr übrigens auch Eure Pferde mit auf See nehmen?"

„Ja", antwortete Germain.

„Gut, dann werde ich Anweisung geben, daß mittschiffs geschützte Boxen errichtet werden. Und jetzt an die Arbeit, meine Freunde. Wenn wir uns beeilen, können wir bis zum Abend auslaufen."

Der Tag wurde sowohl für die Reiter der *Blauen Rose* als auch für die Besatzung der *Flamingo* anstrengend. Gegen vier Uhr nachmittags waren dann aber alle Arbeiten erledigt. Die *Flamingo* hatte ihre gesamte Ladung, bestehend aus exotischen Gewürzen, Tee und indischen Seidenstoffen, gelöscht. Fagnet hatte einen Brief an seine Reeder abgeschickt und ihnen mitgeteilt, daß er vorübergehend auf eigene Rechnung segeln werde. Außerdem hatte er seine aus vierzehn Mann bestehende Besatzung darüber informiert, daß man die *Terror* jagen werde und jedem einzelnen Matrosen freigestellt, von Bord zu gehen und sich eine andere Heuer zu suchen. Zur großen Freude Fagnets wollten aber alle vierzehn Mann mit ihm und den Reitern der *Blauen Rose* zusammen das Abenteuer bestehen. Germain und seine Gefährten hatten sich, wie verabredet, um die Kanonen und den Proviant gekümmert, hatten außerdem genügend Pferdefutter besorgt und dann ihre wertvollen Tiere an Bord gebracht. Im Lauf des Nachmittags nahm der Schoner dann ein immer kriegerischeres Aussehen an. Die vierzehn Kanonen wurden rings um das Oberdeck aufgestellt, da die *Flamingo* keine Geschützpforten im Zwischendeck besaß. Statt dessen errichtete man um die einzelnen Kanonen niedrige Brustwehren aus Latten und Sandsäcken, welche im Fall eines Seegefechts den Bedienungsmannschaften Schutz gewähren sollten. Damit war die *Flamingo* zur Jagd auf den Korsaren gerüstet.

Mit Fagnet und den Mitgliedern der *Blauen Rose* befanden sich nun zwanzig Mann an Bord, welche das Schiff segeln und im Notfall auch die Geschütze bedienen mußten. Dagegen führte die *Terror* des Condottiere vierundzwanzig Kanonen und trug mehr als dreißig Mann Besatzung. Allen an Bord der *Flamingo* war aus diesem Grund klar, daß nur größeres seemännisches Können und hervorragende Tapferkeit dem Schoner eine Chance gegen den feindlichen Dreimaster einräumen konnten. Trotzdem herrschte an Bord eine gute Stimmung, als Kapitän Fagnet Schlag vier Uhr Segel setzen und den Anker lichten ließ. Der Bug der *Flamingo* drehte schon nach wenigen Stunden Liegezeit wieder vom Kai ab, die Leinwand füllte sich, und der Schoner nahm unter Vollzeug Kurs nach Süden, den unübersichtlichen und gefährlichen Gewässern Griechenlands entgegen.

Die nächsten Tage verliefen beinahe unnatürlich ruhig. Nichts deutete darauf hin, daß sich die *Flamingo* auf der Jagd nach einem Piraten befand. Kaum ein Segel zeigte sich am Horizont; die See war ruhig. Nur gelegentlich wurde diese Ruhe gestört, wenn Rory, der die Aufgabe des Geschützmeisters übernommen hatte, die Matrosen an den Zwanzigpfündern üben ließ.

Am vierten Tag nach dem Aufbruch von Ragusa erreichte die *Flamingo* das Nordwestkap der griechischen Insel Korfu, wo Kapitän Fagnet ein Beiboot mit vier Matrosen in den kleinen Hafen von Sidari schickte, um dort nachzufragen, ob die *Terror* in diesen Gewässern gesichtet wurde. Die Seeleute kehrten jedoch zurück, ohne irgendwelche Neuigkeiten zu berichten. Nach kurzer Beratung mit den Gefährten der *Blauen Rose* legte Fagnet daher den Kurs noch weiter südlich und kreuzte wiederum vier Tage später im Golf von Patras. Obwohl sie zwischendurch noch mehrmals an der Küste nachgeforscht hatten, konnten sie nichts über die *Terror* in Erfahrung bringen. Die Matrosen bekamen nur wochenlang zurückliegende Geschichten von den bereits bekannten Schandtaten des Condottiere zu hören. Jetzt, ein paar Meilen vor Patras, trafen sich Fagnet und die fünf Freunde auf der Brücke des Schoners zur Beratung.

„Ich glaube nicht, daß der Korsar an Andirrion und Rion vorbei in den Golf von Korinth eingelaufen ist“, sagte der Kapitän gerade. „Das darf er bei aller Unverfrorenheit doch nicht wagen, da die Meerenge von Andirrion im Fall einer Verfolgung spielend leicht zu sperren wäre und der Pirat dann rettungslos in der Falle säße."

„Dann kann er sich eigentlich nur noch weiter nach Süden gewandt haben", vermutete Annabelle, die am Anfang der Reise ein wenig unter Seekrankheit gelitten, sich inzwischen aber wieder erholt hatte. „Natürlich wissen wir nicht, ob ihn sein Weg hinüber nach Sizilien oder an die Küste der Peloponnes – oder gar nach Zypern und Nordafrika führen wird. Um ehrlich zu sein: Ich kann mir überhaupt nicht vorstellen, wie wir die *Terror* jemals finden sollen, wenn uns nicht der Zufall zu Hilfe kommt."

Jean runzelte die Stirn und gab zu bedenken: „Auf den Zufall allein brauchen wir uns nun doch nicht zu verlassen. Denn der Korsar verfügt zwar über ein ausgezeichnetes Schiff und genügend Kanonen, muß aber doch die kaiserliche Mittelmeerflotte fürchten. Es ist deswegen anzunehmen, daß er nicht gerade die Küsten bedroht, die von Schiffen seiner Majestät kontrolliert werden. Sicherer kann er sich auf jeden Fall in der Nähe der türkischen Ländereien fühlen, wo man ihm gegebenenfalls als einem Freund des Paschas von Konstantinopel Zuflucht gewähren würde. Deshalb mein Rat: Laßt uns die Küste der Peloponnes entlangsegeln, und wenn wir dort nicht auf ihn stoßen, Kurs auf Zypern nehmen. Zur Not könnten wir dann auch noch Kreta anlaufen."

„Ich muß Jean recht geben", meinte auch Germain, und nachdem die anderen die Überlegungen des Franzosen ebenfalls gebilligt hatten, beschloß man einstimmig, Jeans Vorschlag zu befolgen. Die *Flamingo* segelte also wieder aus dem malerischen Golf von Patras heraus, passierte die Bucht von Jonian und lief dann zwischen der Insel Sakynthos und dem peloponnesischen Festland weiter nach Süden. Und tatsächlich sollte sie hier auf den Korsaren stoßen.

Es geschah am Nachmittag des folgenden Tages auf der Höhe des Fischerhafens Kakovatos . . .

Kapitän Fagnet hatte, als die *Flamingo* noch ungefähr fünf Seemeilen landab lag, in eigener Person den Hauptmast bestiegen und suchte nun mit seinem starken Fernrohr die Küste ab. Ein leichter Herbststurm war am Morgen von Sizilien her über das Ionische Meer gebraust; noch immer war die See kabbelig, trugen die Wellen gelblich-weiße Schaumkronen. Aus diesem Grund war sich Fagnet zunächst nicht sicher, ob es nur der emporjagende Gischt der Küstenbrandung war – oder ob im Hafen von Kakovatos Schiffsgeschütze feuerten. Unschlüssig schwenkte er sein Glas um ein paar Grad weiter nördlich – und dann gab es keinen Zweifel mehr. Deutlich erkannte Fagnet die drei Masten der *Terror*. Er sah jetzt auch, daß die weißen Wölkchen sich von Steuerbord der Korsarenfregatte lösten – der Condottiere ließ den Fischerhafen und das kleine Handelsstädtchen dahinter beschießen.

Der Kapitän schwang sich von der Topprahe und kletterte eilig nach unten. „Alle Segel setzen! Kurs auf Kakovatos!" brüllte er. „Macht die Kanonen klar. Wir haben den Korsaren vor uns."

Die Matrosen beeilten sich, die Befehle Fagnets auszuführen. Die wachfreie Mannschaft stürzte an Deck. Die Gefährten der *Blauen Rose* sammelten sich mit Ausnahme Denghiziks, der sich um die Geschütze kümmerte, am Bug der *Flamingo*, überprüften ihre Waffen und sahen mit grimmigen Gesichtern dem Zusammentreffen mit dem Condottiere entgegen, das in höchstens einer halben Stunde erfolgen mußte. Sie alle hofften, die *Terror* zu überraschen und sie dann mit Hilfe der Fischer von Kakovatos zu nehmen und zu versenken. Doch auch auf dem Korsaren hatte man inzwischen die *Flamingo* bemerkt . . .

Denn dort drüben stand der Condottiere in engen schwarzen Hosen und einem bauschigen schwarzen Hemd auf dem flachen Dach der achteren Kajüte und beobachtete abwechselnd das Rauben und Morden seiner Leute in Kakovatos und die offene See im Westen. Als die Schonersegel über der Kimmung auftauchten, stutzte er einen Augenblick. Dann rief er den Steuermann zu sich. Der vierschrötige Kerl, der bis jetzt eines der schweren Geschütze bedient hatte, kletterte auf das Kajütendach. Der Condottiere deutete auf die noch etwa vier Meilen entfernten Schonersegel und fragte: „Wie lange kann es dauern, bis die Nußschale dort draußen Kakovatos erreicht hat?“

„Eine halbe Stunde, vielleicht etwas länger“, antwortete der Steuermann. „Aber ich weiß nicht, warum Ihr Euch danach erkundigt, Kapitän. Es ist nur ein kleiner Zweimaster und kann uns unmöglich gefährlich werden. Er wird es überhaupt nicht wagen, heranzukommen, wenn wir ihm ein paar Warnschüsse vor den Bug setzen.“

„Wenn Ihr denkt, daß ich aus Angst gefragt habe, täuscht Ihr Euch“, entgegnete der Condottiere verärgert. „Aber ich möchte andererseits keine unnötigen Zeugen dieses Überfalls auf Kakovatos haben. Der Schoner könnte uns sonst leicht ein oder zwei Kriegsschiffe auf den Hals hetzen. – Ich gehe jetzt an Land und sehe zu, daß unsere Beute so schnell wie möglich an Bord gebracht wird. In zwanzig Minuten wollen wir Anker lichten. Kümmert Euch darum!“

„Zu Befehl, Herr!“ Der Steuermann sprang auf das Deck hinunter und brüllte eine Reihe von Befehlen. Auch der Condottiere verließ seinen Beobachtungsposten, winkte einem Matrosen und ließ sich gleich darauf in einem leichten Ruderboot zum Strand bringen.

Dort, im Hafen von Kakovatos, spielten sich unterdessen schreckliche Dinge ab . . .

Verfolgung auf hoher See

Am Mittag, als fast alles in dem Fischerstädtchen Kakovatos schlief, waren die Piraten an Land gestürmt und hatten sofort ein fürchterliches Gemetzel begonnen. Wer sich nicht in die obere Stadt hatte retten können, lag nun tot oder verletzt in den Klüften der felsigen Steinküste. Einige beherzte Einwohner von Kakovatos hatten sich zwar nach dem ersten Schrecken in der oberen Stadt zur Verteidigung aufgerafft. Da der Condottiere aber aus seinen Schiffsgeschützen diesen Stadtteil mit Sperrfeuer belegen ließ, konnten die Verteidiger nichts weiter tun, als gelegentlich mit ihren wenigen Musketen in die Hafengegend zu feuern. Das störte allerdings die Korsaren nicht sonderlich.

Nachdem sie ihren ersten Blutrausch gestillt hatten, waren sie nun damit beschäftigt, alles im Hafen zu rauben, was nicht niet- und nagelfest war. Am Kai stapelten sich Berge von Käselaiben und Ballen von getrockneten Fischen, waren Dutzende von Weinkrügen zusammengetragen worden, flatterten aus den Händlerlagern geraubte Stoffe im Wind. Die Kontore der kleinen Reedereien waren geplündert, Gold und Silber klirrte in den Gürteln der Piraten. Eines der Beiboote der *Terror* war bis zum Dollbord mit Kelchen, silbernen Heiligenbildern, goldenen Kruzifixen und wertvollen Ikonen aus der Kirche des Hafenstädtchens gefüllt. Und bei diesem Boot spielte sich gerade eine erschütternde Szene ab.

Der weißhaarige Priester des Ortes kniete mit flehend emporgereckten Armen im harschen Strandkies, wobei er mit dünner Greisenstimme rief: „Habt Erbarmen mit dem Allerheiligsten, ihr Herren. Bedenkt doch, daß ihr das Haus Gottes schändet. Im Schweiß ihres Angesichts haben die gläubigen Menschen von

Kakovatos in Jahrhunderten diese heiligen Geräte zusammengetragen. Denkt an eure unsterblichen Seelen und gebt Gott die Ehre. Tragt euren Raub zurück in die Kirche, gebt sie zurück, die heiligen Gerätschaften!“ Mit diesen Worten rutschte der alte Priester auf den Knien immer näher an das Boot mit den geraubten Sakralgegenständen heran, das ein paar der Korsaren eben hohnlachend zu Wasser bringen wollten. Der Priester umklammerte die Stiefel eines der Räuber, wollte ihn auf diese Weise zur Barmherzigkeit zwingen. Der Korsar zögerte. Offenbar war sein Herz doch noch nicht vollkommen verroht. „Laß los, Verrückter!“ murmelte er, beinahe gutmütig. „Du kannst's doch nicht mehr ändern.“ Der Priester jedoch küßte zur Antwort die Stiefel . . .

In diesem Augenblick knirschte der Bug des Bootes, das den Condottiere trug, an den Strand. Der schwarze Pirat sprang mit einem weiten Satz an Land, sein Blick fiel auf das geraubte Gold und Silber. Seine Augen weiteten sich vor Gier. „Was ist hier los?“ herrschte er gleich darauf seine Leute an. „An Bord mit dem Zeug! Wir wollen zusehen, daß wir aus diesem Drecksnest fortkommen.“

Die Korsaren sammelten sich nun, alle schwer mit Beute beladen, am Ufer. Wenige Minuten später ruderten alle Boote zurück zur *Terror*. Der Steuermann hatte inzwischen schon die Segel setzen lassen, die Matrosen nahmen ihre Plätze ein. Der Condottiere warf einen Blick nach Osten auf das offene Meer hinaus und fuhr gleich darauf den Steuermann an: „Warum habt Ihr mir nicht gemeldet, daß der Schoner schon so nahe ist?“

Tatsächlich hatte sich die *Flamingo*, hart vor dem Wind und unter voller Leinwand, innerhalb von zwanzig Minuten bis auf eine halbe Seemeile dem Hafen genähert.

Der Steuermann zuckte die Achseln. „Ich weiß nicht, was Ihr habt, Kapitän“, brummte er. „Die Beute mußte so oder so verladen werden. Und was soll uns die Nußschale schon stören?“

Der Condottiere antwortete nicht. Aber er nagte grimmig an seiner Unterlippe, dann befahl er: „Anker auf!“ Rasselnd glitt die schwere Kette durch die Klüsen. Die *Terror* löste sich vom Kai, halste und nahm Kurs nach Südwesten. Sie hatte jedoch kaum zweihundert Meter zurückgelegt, als drüben an Bord der *Flamingo* mehrere weiße Wölkchen aufstiegen. Gleich darauf zischten Kanonenkugeln hart an Steuerbord der *Terror* ins Meer. Mit unglaublicher Kühnheit hatte der Schoner das Gefecht mit dem Dreimaster aufgenommen ...

Der schwarze Pirat stand einen Augenblick da wie vom Donner gerührt. Er konnte es einfach nicht fassen, daß die Besatzung des gegenüber seinem Dreimaster geradezu winzigen Schoners die Kühnheit besaß, ihn auf diese Weise herauszufordern. Nicht umsonst jedoch hatte der Korsar in seinem Leben ein Abenteuer nach dem anderen glücklich überstanden. Er hatte stets kaltblütig und blitzschnell gehandelt – und das tat er auch jetzt. „Schiff steuerbord über Stag gehen lassen!“ brüllte er den Matrosen zu. „Steuerbord-Toppsegel refft! Anluven an Backbord! Rennt die Nußschale über den Haufen!“

Kaum hatte er seine Befehle gegeben, zischte eine Kugel aus der Drehbasse der *Flamingo* hart über seinen Kopf hinweg. Der schwarze Pirat achtete gar nicht weiter darauf. An der Unterlippe nagend, beobachtete er, wie sich die *Terror* in den Wind drehte, wie sich ihre Segel füllten – wie sie schwer stampfend auf den Schoner Kurs nahm. Schnell verringerte sich nun die Entfernung zwischen den beiden Schiffen. „Recht so!“ rief der Korsarenkapitän. „Jetzt können sie drüben zusehen, ob sie noch eine Breitseite anbringen. Die wachfreie Mannschaft zum Bug! Nehmt die Musketen und heizt den Halunken gehörig ein. Putzt sie herunter vom Deck ihrer Nußschale. Und Ihr, Steuermann, rennt sie über den Haufen! Bohrt den Schoner in den Grund!“

Beinahe mit voller Fahrt näherte sich die *Terror* dem Zweimaster Germains. Der Zusammenprall mußte innerhalb weniger Minuten erfolgen, und es konnte gar keinen Zweifel darüber geben, welches der beiden Schiffe sinken würde. Durch sein gewagtes Segelmanöver hatte der Condottiere außerdem erreicht, daß auf der *Flamingo* tatsächlich die meisten der vierzehn Kanonen nutzlos wurden. Denn nur noch mit dem einzigen Geschütz am Bug konnte das Feuer auf die *Terror* weiter unterhalten werden.

Es war Denghizik, welcher mit pulvergeschwärztem Gesicht hinter diesem Geschütz stand. Sein dichter Schnauzbart war versengt, seine langen Haare flatterten im Wind. Soeben rammte er eine neue Ladung in den schlanken Lauf der Falkonette. Germain, der sich bis jetzt auf der Brücke aufgehalten hatte, rannte geduckt zu dem Mongolen. Von einer der Backbordkanonen kam Annabelle herüber. Auch ihr Gesicht war vom Pulverdampf verschmiert. „Der verfluchte Korsar hat uns böse ausmanövriert", rief die junge Frau. „Was können wir tun, Germain?"

„Ihm Zunder geben", antwortete an dessen Stelle der Mongole. Er hatte die Falkonette geladen, richtete sie und gab einem der Matrosen einen Wink. Der legte die glimmende Lunte an die Zündpfanne. Ein bösartiges Zischeln – donnernd löste sich der Schuß. Gleich darauf ertönte an Bord der *Flamingo* lautes Freudengeschrei; die Falkonettenkugel hatte drüben auf der *Terror* voll das Bugspriet getroffen. Der schräggestellte Hilfsmast flog zersplittert in alle Himmelsrichtungen, Außenklüver und Jagersegel wurden aus ihren Halterungen gerissen, zerfetzt flatterte die Leinwand nach Lee davon. Die *Terror* schor aus ihrem Kurs und drehte ab. Obwohl die Entfernung immer noch eine achtel Seemeile betrug, hörte man von drüben deutlich das wütende Geschrei der Piraten.

Das Blatt hatte sich also erneut gewendet, nun befand sich eindeutig der Schoner im Vorteil. Germain hätte das am liebsten rücksichtslos ausgenützt – doch er mußte an seine Mutter denken, die sich ja mit Sicherheit an Bord der *Terror* aufhielt. Ließ er den Dreimaster jetzt in den Grund bohren – so würde mit Sicherheit auch die Komteß von Walden den Tod finden.

„Soll ich noch mal feuern?" erkundigte sich Denghizik.

„Warte noch!" Germain stand über das vordere Schanzkleid gebeugt da und spähte angestrengt zur *Terror* hinüber. „Nein", antwortete er dann, „es wird nicht mehr nötig sein. Die Piraten haben alle Hände voll zu tun mit dem zerschmetterten Bugspriet. Ihre Bugkanone hat es auch erwischt. Sie können uns im Moment nicht gefährlich werden." Damit drehte sich Germain um, winkte Fagnet auf der Brücke mit dem blanken Degen und rief ihm zu: „Segelt näher an den Korsaren heran, Kapitän, aber zeigt ihm nur unseren Bug. Ich möchte ein paar Worte mit dem Condottiere wechseln."

Der Hugenottenkapitän winkte zur Bestätigung mit seinem breitrandigen Südwester, dann gab er die notwendigen Segelkommandos. Die *Flamingo* nahm wieder Fahrt auf, und während Denghizik an seiner Falkonette mit brennender Lunte bereitstand, schob sich der Schoner Faden um Faden an die *Terror* heran. Zuletzt trennte nur noch die doppelte Entfernung eines Musketenschusses die ungleichen Gegner. Germain winkte Fagnet erneut zu. Wieder gab der Kapitän seine Befehle. Gleich darauf gierten die Segel der *Flamingo* und schossen in den Wind. Zitternd verlor der Schoner an Fahrt, und als Fagnet jetzt auch noch einen Treibanker ausbringen ließ, verharrte das Schiff beinahe bewegungslos eineinhalb Büchsenschüsse von der *Terror* entfernt.

Mit einem waghalsigen Satz stand Germain auf der Bugreling, hart hinter dem gerefften Jagersegel. Der Anführer der *Blauen Rose* formte beide Hände zu einem Schalltrichter und rief den Korsaren an: „Condottiere! Könnt Ihr mich verstehen? Hier spricht Germain, der Euch schon dreimal eine Niederlage bereitet hat. Nun habt Ihr mich erneut herausgefordert, und ich kann Euch mitsamt Eurem geraubten Schiff in den Grund bohren. Doch befindet sich bei Euch an Bord eine unschuldige Dame, die Komteß von Walden. Liefert sie mir aus, und ich gestehe Euch freies Geleit nach Triest zu, wo ich Euch einem kaiserlichen Gericht überantworten will. Weder ich noch meine Gefährten werden dann Hand an Euch und die Mannschaft der *Terror* legen."

Germain wußte, daß der Condottiere unmöglich auf seine Vorschläge eingehen konnte, denn ebenso wie seine gesamte Mannschaft erwartete ihn unweigerlich der Galgen, wenn er erst einmal vor einem kaiserlichen Richter stand. Doch mußte der Anführer der *Blauen Rose* um jeden Preis Zeit gewinnen. Nur so bestand überhaupt eine Aussicht, seine Mutter aus der Gewalt des Piraten zu befreien. Immerhin schien Germains plötzliches Erscheinen den Condottiere verwirrt zu haben.

Auf der *Terror* schien nach Germains Worten ruckartig alles Leben zu erstarren. Die Aufräumungsarbeiten am zerschmetterten Bug wurden eingestellt; flappend schlug die leere Leinwand an den Masten im Wind. Doch dann ertönten drüben einige herrische Befehle. Germain und die übrige Besatzung der *Flamingo* beobachteten, wie die Reste von Bugspriet, Jager- und Außenklüversegel kurzerhand mit Äxten weggeschlagen wurden, wie ein Teil der Korsaren die Masten enterte.

„Der Schurke will fliehen. Er läßt die Toppsegel setzen", rief Fagnet. Und Denghizik fragte hoffnungsvoll: „Soll ich ihm die Mastspitzen mit einer gutgezielten Kugel kappen?"

Doch Germain winkte ab. „Noch nicht! Wenn es zum Kampf käme, müßten wir wohl oder übel entern, was unter Umständen der Komteß ebenso wie uns schlecht bekommen könnte. Ich will deswegen noch einmal versuchen, mit dem Condottiere zu verhandeln."

Während auf der *Terror* nach wie vor Spieren, Tauenden und Teile des Mastes abgeschlagen wurden, sprang Germain erneut auf das Schanzkleid. „Ergebt Euch, Condottiere!“ rief er noch einmal. „Ihr könnt das Bugspriet und meinetwegen auch noch sämtliche Masten kappen – Euer Schiff wird deswegen nicht besser segeln. Ihr habt die Wahl zwischen einer gerechten Gerichtsverhandlung und der gnadenlosen Versenkung. Entscheidet Euch – aber schnell!“

Vom Bug der *Terror* sauste ein schweres Balkenstück ins Meer. Der Gischt spritzte hoch bis zur Bugreling des Dreimasters. Als sich der Wasserstaub langsam verzog, vom scharfen Wind in langen Fahnen nach Osten davongetragen wurde, erkannte Germain den Condottiere, der nun ebenfalls die Dekkung des Schanzkleides verlassen hatte. Laut schallten die höhnischen Worte des schwarzen Piraten zur *Flamingo* herüber: „Der tapfere Germain möchte also, daß wir uns ergeben. Ihr bedroht uns von Eurer Nußschale aus. Ich kann darüber nur lachen. Warum kommt Ihr denn nicht herüber und versucht, mich mit Eurem berühmten Degen zur Übergabe zu zwingen? Nun, ich kann Euch diese Frage sehr leicht beantworten! Ihr könnt es nicht wagen, weiter auf uns zu schießen, und Ihr könnt auch den Befehl zum Entern nicht geben. Denn an Bord der *Terror* befindet sich eine Geisel, deren Leben und Gesundheit Ihr unter allen Umständen schonen müßt . . .“

Germains Faust zuckte unwillkürlich zum Degengriff. Der Korsarenkapitän sah es; spöttisch lachte er auf. „Ja, Germain, ich weiß, daß die Komteß von Walden Eure leibliche Mutter ist. Mein Gefangenenwärter, der vertrauensselige Rittmeister von Wolfsegg, war so nett, mir das süße Geheimnis zu verraten. Nur deswegen habe ich die Komteß überhaupt entführt. Und heute stellt sie für mich eine bessere Waffe dar als zwanzig Kanonen. Ihr könnt die *Terror* nicht in Eure Gewalt bringen, denn sobald der erste Eurer Matrosen den Fuß an Deck setzt, wird Eure Mutter von meiner Hand sterben. – Aber Ihr werdet mir folgen, ich weiß das. Und irgendwann werde ich Euch und die *Flamingo* in eine Falle locken – und meinerseits entern." Die Stimme des Condottiere war jetzt vom Haß verzerrt. „Und dann werdet Ihr zusammen mit der edlen Dame am Toppmast baumeln. Ihr – nicht ich, Germain!" Erneut schallte das Lachen des Condottiere über das Meer. Es klang teuflisch.

„Verfluchter Feigling!", knirschte Germain, der sich am liebsten ins Wasser gestürzt und die *Terror* ganz allein angegriffen hätte. Der Korsarenkapitän hatte jedoch noch eine weitere Demütigung für den Anführer der *Blauen Rose* auf Lager. „Damit Ihr seht, daß ich kein Unmensch bin", rief er Germain zu, „will ich Euch einen Blick auf meine Geisel gestatten. Leider kann ich Euch nicht erlauben, Eure Frau Mutter in die Arme zu schließen, wie Ihr verstehen werdet."

Und während Germain ohnmächtig an der Reling stand, schleppten drüben an Bord der *Terror* mehrere Matrosen auf einen Wink des Condottiere hin eine zarte Frauengestalt an Deck. Es war die Komteß von Walden. Sie war in einen dunkelblauen Umhang gehüllt, ihre Hände waren auf dem Rücken zusammengebunden. Trotz der Entfernung fiel Germain die Blässe ihres Gesichts auf. Langsam hob die Komteß den Kopf. Ihr Blick glitt über die *Flamingo* – um dann direkt an Germain haften zu bleiben. Gleichzeitig drang ein dünner Ruf über das aufgewühlte Meer. „Rettet mich . . .!"

Es war Denghizik, der blitzschnell zugriff und Germain am Oberarm packte. Denn sonst wäre sein Freund und Anführer jetzt unweigerlich über Bord gesprungen, hätte alle seine Bedenken und Überlegungen vergessen, wäre in den sicheren Tod gegangen. „Mutter!" stöhnte er nun. „Mutter!"

„Nun – Ihr werdet Euch hüten, mich zu zwingen, ihr ein Leid anzutun", klang erneut die Stimme des Condottiere herüber. „Und jetzt, Germain, gehabt Euch wohl. Ich darf mich verabschieden." Der Korsar gab seinen Matrosen einen Wink, brutal zerrten sie die Komteß wieder unter Deck. Während die Mannschaft der *Flamingo* tatenlos zusehen mußte, ließ der Condottiere auf der *Terror* einige Hilfssegel setzen. Langsam drehte der Dreimaster in den Wind, bot dem Schoner ganz offen seine Flanke. Mit Leichtigkeit hätte man ihn jetzt mit einer gutgezielten Breitseite tödlich verwunden können – aber es durfte kein einziger Schuß abgefeuert werden. Die *Terror* nahm Kurs nach Süden. Immer noch meinte Germain, die höhnische Stimme des Condottiere zu hören. Wie festgebannt stand er am Bug des Schoners. Erst als die Mastspitzen der *Terror* in einer schnell aufziehenden Nebelbank verschwanden, kam wieder Leben in ihn. Er wandte sich Fagnet und seinen vier Gefährten zu, die sich stumm um ihn geschart hatten. „Die Komteß könnte bereits frei sein, wenn es uns gelungen wäre, die *Terror* blitzschnell zu überrumpeln", sagte er leise. „Aber ich habe den Condottiere unterschätzt. Jetzt können wir nichts weiter tun als das, wozu er uns ohnehin zwingen will. Wir müssen dem Korsaren folgen."

„Er lief nach Süden", brummte Fagnet. „Vermutlich nach Kreta. Vielleicht können wir ihm dort unvermutet in den Rükken fallen."

„Das gebe Gott!" antwortete Germain mit neu erwachtem Elan. „Laßt den Treibanker einholen, Kapitän. Wir legen uns ins Kielwasser des Korsaren." Fagnet beeilte sich, dem Wunsch Germains nachzukommen. Wenig später nahm auch der Schoner wieder Fahrt auf. Wie die *Terror* verschwand er in der Nebelbank, kämpfte sich zwei Stunden lang durch das milchige Chaos, um erst bei Sonnenuntergang wieder daraus aufzutauchen. Insgeheim hatte Germain die ganze Zeit über gehofft, daß es im Nebel gelingen würde, unbemerkt an den Korsaren heranzukommen und ihn blitzschnell zu entern. Aber der Dreimaster blieb verschwunden; jetzt gab es nur noch das leere Meer rings um die *Flamingo*. Es blieb nichts anderes übrig, als Kurs auf Kreta zu nehmen, so wie Fagnet das von Anfang an vorgeschlagen hatte.

Die Klippe zur Hölle

Da seit dem Durchqueren der Nebelbank kein Sichtkontakt mehr zur *Terror* bestand, nahm die *Flamingo* direkten Kurs nach der Insel Kreta. Man konnte mit einiger Wahrscheinlichkeit annehmen, in diesen gefährlichen Gewässern wieder auf den Piraten zu stoßen, denn Kreta stellte damals für Gesindel aller Art einen bliebten Zufluchtsort dar. Im Machtkampf zwischen Mohammedanern und Christen hin und her gerissen, hatten sich die Kreter allmählich von jeder Obrigkeit losgesagt. Auf der felsigen Insel mit den uralten frühgriechischen Ruinen herrschte wieder dasselbe Gesetz wie vor vielen tausend Jahren: das Recht der stärkeren Faust.

Keine der europäischen Großmächte besaß auf dem Eiland im östlichen Mittelmeer wirklichen Einfluß. Allenfalls stellten noch die Türken so etwas wie eine Polizeimacht, doch auch diese Janitscharen hielten sich wohlweislich zurück, wenn es irgendwo in den Bergen oder an der Küste wieder einmal gärte. Es war daher kein Wunder, daß Kreta gerne auch von Piratenschiffen angelaufen wurde, denn die Besatzungen konnten sicher sein, daß niemand sie behelligen würde, ja, daß sie von den wilden Inselbewohnern möglicherweise sogar Unterstützung bei ihren nächsten Raubzügen erhalten würden. Aus diesen Gründen hatte Kapitän Fagnet vorgeschlagen, die Gewässer um Kreta aufzusuchen.

Die *Flamingo* erreichte die Insel am dritten Tag nach dem Scharmützel vor Kakovatos. Drei weitere Tage verbrachte der Schoner damit, in jeden der verschiedenen Häfen einzulaufen und Erkundigungen nach der *Terror* einzuziehen, auch wenn dies für die Europäer wegen der ständigen Nähe türkischer

Truppen nicht ungefährlich war. Man hielt jedoch die ganze Zeit über die Kanonen schuß- und die Degen griffbereit, so daß es zu keinem Zwischenfall kam. Der Korsar jedoch blieb verschwunden.

„Entweder ist die *Terror* gesunken, oder sie hat sich mit Mann und Maus in Luft aufgelöst", machte am dritten Tag Kapitän Fagnet seinem Herzen Luft. Man hatte soeben den Hafen von Iraklion verlassen, wo man wieder einmal vergebliche Nachforschungen angestellt hatte. Jetzt schritt Fagnet ratlos auf dem Achterdeck auf und ab, wo sich außer ihm noch die Gefährten der *Blauen Rose* aufhielten. Auch deren Laune war nicht die beste, brannten sie doch darauf, den Condottiere endlich zum entscheidenden Kampf zu stellen, den verhaßten Korsaren im kühnen Handstreich zu entern. Statt dessen waren sie jetzt am Ende ihres Lateins.

„Ich habe allmählich das Gefühl, als jagten wir ein Phantom", stimmte Annabelle dem Kapitän zu. – „Ich würde dasselbe sagen, wenn ich ihm nicht das Bugspriet zerschmettert hätte", gab Denghizik zu bedenken. „Aber da ich nun einmal mit meinen eigenen Augen gesehen habe, wie die Falkonettenkugel traf, bin ich der Meinung, daß wir uns ganz einfach getäuscht haben, als wir annahmen, der Schurke würde Kreta anlaufen."

„Da gebe ich dir recht", meinte Germain. „Fragt sich nur, wo wir die *Terror* jetzt suchen sollen. Hat irgend jemand einen Vorschlag zu machen?"

Dazu war leider keiner fähig; lange starrten die Freunde nachdenklich auf das Meer hinaus, während der Schoner bei raumem Wind langsam nach Nordosten glitt. Dann schlug Germain plötzlich mit der Faust auf die Reling und rief aus: „Einfach ins Blaue hineinzusegeln, ist völlig sinnlos. Die Wahrscheinlichkeit, daß wir den Korsaren im östlichen Mittelmeer zu suchen haben, ist immer noch am größten. Nehmt Kurs auf Zypern, Kapitän! Wir können dort genauso erfolglos sein wie hier vor

Kreta, doch haben wir dann wenigstens wieder ein Ziel. Wir wollen in langen Schlägen zwischen Kleinasien und Ägypten nach Osten kreuzen. Und wenn wir dabei nicht irgendwann wieder auf den Condottiere stoßen, dann wird ihn eines Tages der Teufel an unserer Stelle holen."

Damit drehte sich der Anführer der *Blauen Rose* um und ging, um nach den Pferden zu sehen, die während der letzten Tage immer unruhiger geworden waren. Mit sorgenvollen Gesichtern schauten ihm die Freunde nach. Sicher: Germain hatte das Heft in die Hand genommen und ihrer Fahrt wieder ein Ziel gegeben. Doch sie alle wußten, wie gering die Aussichten waren, in dieser endlosen Wasserwüste wirklich auf den Seeräuber zu stoßen.

Wo aber hielt sich der Condottiere nun tatsächlich auf?

Der verschlagene Kapitän der *Terror* schien geahnt zu haben, daß ihn seine Verfolger in den kretischen Gewässern suchen würden. Und wenn er Germain auch versprochen hatte, daß er ihn in einen Hinterhalt locken und dann vernichten würde, so konnte dies doch nicht sofort geschehen. Um zum Kampf gerüstet zu sein, mußte zuerst das Bugspriet der *Terror* ersetzt werden. Aus diesem Grunde hatte der Condottiere, nachdem er im Schutz des Nebels der *Flamingo* entkommen war, zunächst Kurs auf Kap Matapan im äußersten Süden Griechenlands genommen, hatte sich dann durch die Wirrnis der Kykladeninseln gestohlen, Rhodos südlich passiert und das Steuer dann genau nach Südwesten richten lassen. Und während die *Flamingo* noch erfolglos vor Kreta kreuzte, kämpfte sich der Korsarendreimaster unbehelligt durch das Levantinische Meer. Der Steuermann der *Terror* kannte dort von früheren Raubzügen her eine unbewohnte Felseninsel mit einem verborgenen Hafen an der Nordostseite, welche seit Jahrhunderten immer wieder von Schiffen aufgesucht wurde, deren Besatzungen guten

Grund hatten, sich vor den Augen anständiger Seeleute zu verbergen.

Und während nun die Gefährten der *Blauen Rose* und Fagnet das eben geschilderte Gespräch vor Iraklion führten, lief die *Terror* in besagten verborgenen Hafen ein. „Hier können wir das Schiff in aller Ruhe überholen", erklärte der Steuermann voller Genugtuung, als die Anker ausgebracht und die Segel eingeholt waren. „Die Insel liegt so weit ab von den üblichen Segelrouten, daß sie nicht einmal einen Namen trägt. Früher freilich, als ich noch an Bord des einen oder anderen lustigen Korsaren diente, nannten wir das Eiland manchmal die ‚Klippe zur Hölle'. Wollt Ihr wissen, warum, Kapitän?"

Der Condottiere, welcher froh war, in wenigen Minuten an Land gehen zu können, nickte gönnerhaft. Der Steuermann schob seinen Kautabak von der rechten in die linke Backe und deutete dann auf eine steile Klippe, welche sich direkt über dem kleinen, natürlichen Hafen erhob und ganz an der Spitze eine Art Kanzel trug. Von dort aus ging es mindestens dreihundert Fuß steil nach unten in das Hafenbecken. Die Felsnadel wirkte aus irgendeinem Grund schaurig und abstoßend.

„Wenn wir früher Gefangene gemacht hatten, welche zu arm waren, um ein gutes Lösegeld einzubringen", berichtete der Steuermann, „dann schleppten wir sie hierher. Wir führten sie hinauf zur Klippenspitze, welche von der anderen Seite her sehr leicht zu erreichen ist. Tja, und dort oben durften sie dann ein letztes Gebet sprechen. Großzügig wie wir waren, erlaubten wir ihnen dies – ehe wir sie in die Tiefe stürzten." Der alte Seeräuber grinste teuflisch. „Ich sage Euch, Kapitän, es war jedesmal ein Heidenspaß, wenn die armen Kerle brüllend herunterkamen, um dann hier – gerade an der Stelle, wo jetzt die *Terror* liegt, ins Wasser zu klatschen wie zerquetschte Flundern. Es müßten eigentlich noch eine Menge Knochen auf dem Grund liegen, wenn die Muränen sie nicht verschleppt haben." Der Steuermann spuckte ins Meer und schloß: „Tja, und deswegen haben wir den Ort immer die ‚Klippe zur Hölle' genannt."

Nachdenklich musterte der Condottiere den himmelstürmenden Felsen, der blutrot in der Abendsonne glänzte. „Eine bemerkenswerte Geschichte, die Ihr da erzählt habt", murmelte er. „Vielleicht werden wir noch einmal hierher zurückkommen, wenn sich die Besatzung der *Flamingo* erst einmal in unserer Gewalt befindet. Es wird mir dann ein Vergnügen sein, diesen verfluchten Germain, seine Freunde und, damit die ganze Brut vereint ist, auch die hochnäsige Komteß vom Felsen aus in die Hölle zu schicken. – Wie befindet sich übrigens unsere hochwohlgeborene Gefangene, Steuermann?"

„Sie heult vor sich hin – wie jeden Tag, seit wir sie in Ragusa aus ihrer hübschen Villa holten", antwortete der Steuermann höhnisch. „Aber da sie unten im Schiffsraum nur Ratten zur Gesellschaft hat, die sich an ihrem Geflenne stören könnten, braucht uns das nicht weiter zu beunruhigen."

„Da habt Ihr recht", erwiderte der Condottiere. „Jetzt laßt die Mannschaft an Land gehen und gebt auch ein Fäßchen Rum aus. Wir wollen unsere Ankunft in dem alten Piratenhafen begießen. Morgen mit dem ersten Tageslicht machen wir uns dann an die Reparatur der *Terror*. Anschließend werden wir von diesem hübschen Plätzchen aus ein paar einträgliche Raubzüge unternehmen. Ich brauche Gold, denn sobald ich diesen lästigen Germain aus der Welt geschafft habe, beginnt unser Geschäft erst so richtig. Wir werden weitere Mannschaften und Schiffe anwerben und die Flotte des österreichischen Kaisers im ganzen Mittelmeer jagen. Er wird mir die Demütigungen teuer bezahlen, die er mir vor vielen Jahren in Italien zufügte, als er mir Land, Titel und Macht raubte."

Das Gesicht des Condottiere zuckte vor Grimm, als er sich nach diesen Worten abwandte. Der Steuermann schaute ihm noch lange nachdenklich nach. Und er war durchaus bereit zu glauben, daß sein Kapitän nicht nur große Sprüche klopfte.

Der Steuermann pflichtete ihm bei. Er war zeitlebens Seeräuber gewesen, und ebenso wie die übrige Mannschaft konnte er von einem skrupellosen und tollkühnen Anführer nur profitieren. Bester Laune begab sich der Steuermann zur Kombüse, um den Rum zu holen. Wenig später begann die gesamte Mannschaft der *Terror* an Land gewaltig zu trinken und auf die reiche Beute anzustoßen, die man bald zu machen hoffte.

Im Laderaum des Dreimasters lag auf feuchtem Stroh und klammem Sand die Komteß von Walden. Gedämpft drang der Lärm des Gelages bis zu ihr, doch allmählich vergaß sie, wo sie sich befand, und sie meinte, wieder das Gesicht des jungen Edelmannes an Bord der *Flamingo* zu sehen, in dem sie vor einer Woche eine seltsame Ähnlichkeit mit ihrem seit zwanzig Jahren verschollenen Sohn entdeckt hatte. Inbrünstig betete die Komteß, daß es diesem Germain bald gelingen möge, sie aus ihrer Gefangenschaft zu befreien ...

Dafür jedoch gab es während der folgenden Tage keinerlei Anzeichen. Kein Segel zeigte sich rings auf der weiten See, nur das aufgeregte Kreischen der Lachmöwen war über den Klippen der Insel zu hören; in ewig gleichbleibendem Takt schlug die Brandung an die Küste, wechselten Flut und Ebbe sich ab. Die Reparaturarbeiten an der *Terror* gingen gut voran. Unter Anleitung des Steuermannes wurden einige der auf der Insel wild wachsenden Zedern gefällt und daraus das neue Bugspriet gezimmert. Drei Tage später war die *Terror* wieder voll segelfähig. Erneut stieg am Abend ein Trinkgelage. Früh am nächsten Morgen ließ der Condottiere dann Anker aufwinden und Segel setzen, und der Korsar glitt wieder auf die offene See hinaus. Man nahm Kurs nach Süden, um näher an die stark befahrene Handelsroute von Zypern nach Alexandria zu kommen. Der Condottiere hatte vor, dort das erste Schiff zu kapern, das seinen Kurs kreuzen würde – gleichzeitig aber sorgfältig nach der *Flamingo* Ausschau zu halten.

Von dieser zeigte sich jedoch während der beiden folgenden Tage keine Spur. Statt dessen tauchte am Morgen des dritten Tages nach dem Verlassen der einsamen Insel am südlichen Horizont ein Segler auf, der seiner Takelage nach zu urteilen der britischen Krone unterstand und höchstwahrscheinlich wertvolle Fracht aus Alexandria zu den englischen Inseln transportierte. Der Condottiere ließ daraufhin die gesamte Mannschaft alarmieren und näherte sich mit der *Terror* vorsichtig dem Handelsschiff, indem er seinen eigenen Kurs in einem spitzen Winkel zu dem des Briten legte. Drei Stunden später bestand Gewißheit, daß der englische Dreimaster reiche Beute an Bord trug. Der Rumpf der Brigg lag tief im Wasser; nur schwerfällig suchte sie sich ihren Weg nach Nordwesten.

Der Condottiere gab seine Befehle. Blitzschnell stand jeder Mann auf der *Terror* an seinem Posten, blitzschnell wurden die Reffs aus den Segeln geschlagen. Der Bug des Korsaren hob sich jäh, als die Leinwand sich füllte. Der Condottiere selbst riß das Steuerruder herum. Gehorsam reagierte die frühere Fregatte der österreichischen Kriegsflotte, schoß quer in den Kurs des Engländers und raubte ihm auf diese Weise den Wind. Flappend fielen die Segel der Brigg in sich zusammen, aufgeregt und wütend gestikulierten drüben die Matrosen, am Toppmast wurde zum Zeichen des Protests mehrmals die britische Flagge gedippt. Ganz offensichtlich hatte der Brite keine Ahnung, daß sich ihm ein Seeräuber in den Wind gelegt hatte.

Das begriff die Mannschaft des Handelsseglers erst, als die *Terror* bereits bis auf wenige Meter herangekommen war und nun in einem gewagten Manöver längsseits ging. Hart scheuerte der Bug des Korsaren gegen das steuerbordige Schanzkleid der Brigg – dann brach die Hölle los.

Während ein Teil der Mannschaft des Piratenschiffes die Leute auf dem Engländer mit Musketenschüssen in Schach hielt, schleuderten andere die Enterleinen – leichte Taue, welche am freien Ende dreizackige Wurfanker trugen und sich nun in der Reling und den Wanten der Brigg verfingen. Die Piraten hangelten sich teils an diesen Enterleinen auf das andere Schiff hinüber, teils schwangen sie sich an langen Pardunen an Deck des Briten, teils sprangen sie direkt von Reling zu Reling. Dann warfen sich die Korsaren mit geschwungenen Säbeln und Entermessern auf die verdatterten Handelsmatrosen. Im Nu waren Vorder- und Mitteldeck erobert. Tote und Verwundete krümmten sich auf den Planken. Nur auf dem Achterkastell leisteten der Kapitän und ein paar seiner Offiziere noch verzweifelten Widerstand. Ihre Lage wurde jedoch von Minute zu Minute aussichtsloser, denn es hatten sich überhaupt nur zwölf Mann an Bord der Brigg befunden, und von diesen waren neun bereits niedergemetzelt. Mehr als zwanzig Piraten, der Condottiere an der Spitze, stürmten dagegen nun das Achterkastell.

Der Condottiere feuerte eine seiner Pistolen ab; der erste Offizier taumelte und hielt sich den verwundeten Arm. Sein Säbel klirrte blutbespritzt auf Deck. Die eigene Waffe schwingend, sprang der Piratenkapitän auf das Kastell, wo er sofort auf den Kapitän selbst traf. Der, ein beleibter und in Ehren ergrauter Mann, wollte parieren, doch war ihm der Condottiere mit der Klinge haushoch überlegen. Nur einmal trafen die Säbel mit wütendem Kreischen aufeinander, dann wirbelte die Waffe des Engländers über Bord. Der Condottiere tat einen blitzschnellen Ausfallschritt; die Spitze seines Degens saß an der Kehle des Gegners. „Ergebt Euch!" rief der Kommandant der *Terror*. „Ich will Euer Leben schonen!"

Ein leichter Druck auf die Säbelspitze; der Engländer nickte mit angstverzerrtem Gesicht und hob die Hände. Nach kurzem Zögern warf auch der zweite Offizier die Klinge weg. Er hatte sich verzweifelt gegen drei Korsaren gleichzeitig verteidigt und blutete bereits aus mehreren, wenn auch leichten Wunden. Damit befand sich die Brigg ganz in der Hand des Condottiere, der auch sofort das Kommando an Bord übernahm. „Bindet die Überlebenden an den Besanmast!“ befahl er seinen eigenen Leuten. Unter wüstem Gebrüll und derben Späßen gehorchten sie. Ein paar Minuten später standen der Kapitän, seine beiden verwundeten Offiziere und zwei Matrosen gebunden am Mastbaum. Von der übrigen Besatzung war keiner mit dem Leben davongekommen. Die Korsaren warfen die Leichen kurzerhand über Bord.

„Und nun zu Euch“, wandte sich der Condottiere an den gefangenen Kapitän. „Gebt mir kurz und bündig Auskunft, sonst sende ich Euch der Mannschaft nach, ehe Ihr's Euch verseht. – Welche Ladung führt diese Brigg? Gibt es außerdem Gold oder Silber an Bord?“

Der Kapitän dachte gar nicht daran, Ausflüchte zu machen. Er mochte ein ausgezeichneter Seemann sein, ein Held war er nicht. „Wir haben Getreide aus Ägypten geladen“, erklärte er, „außerdem gepökeltes Ziegenfleisch aus dem Libanon, Kupfer aus Syrien, persische Teppiche und einen Posten Seide aus China.“

Der Condottiere grinste. „Alles Dinge, die ich selbst ausgezeichnet brauchen kann, Kapitän. Ich werde so frei sein, die Ladung auf mein eigenes Schiff schaffen zu lassen. In einem türkischen oder levantinischen Hafen wird sie guten Gewinn bringen.“ Der Korsar rief seinen Leuten einige Befehle zu. Gleich darauf wurden die Luken zum Laderaum der Brigg aufgebrochen, und man begann mit der Plünderung der reichhaltigen Warenlager.

Der Condottiere war aber mit dem Kapitän noch nicht fertig. Wieder spielte er anzüglich mit seinem Säbel und fragte: „Es gibt aber doch sicherlich auch noch Gold und Silber an Bord, nicht wahr?“

Jetzt wand sich der Engländer doch ein wenig. „Nun?!“

drohte der Condottiere. Seine Säbelspitze ritzte eine blutige Schmarre in die Wange des ergrauten Seemannes. – „In meiner Kajüte", stöhnte dieser. „Es sind ungefähr 2000 Pfund Sterling. Aber Ihr solltet dieses Geld nicht an Euch nehmen. Es gehört der britischen Krone. Es sind Steuergelder aus den ägyptischen Provinzen . . ."

„Die britische Krone ist selbst schuld, wenn sie einen solchen Schatz einem unbewaffneten Handelssegler anvertraut, dessen Mannschaft obendrein noch aus Feiglingen besteht", gab der Korsarenkapitän ungerührt zurück. „Mir nützt das Gold mehr als Eurer Majestät. Mit diesem Betrag kann ich leicht ein zweites, wenn nicht gar ein drittes Piratenschiff ausrüsten." Damit drehte sich der Condottiere um und verschwand nach unten. Ohne Schwierigkeiten fand er die Kajüte des Kapitäns. Mit der Säbelklinge sprengte er den einzigen Wandschrank auf – und da lagen in Säckchen aus ungegerbtem Leder die Goldpfunde. Der Condottiere packte alles in eine leere Kassette und verließ mit triumphierendem Lächeln wieder die Kajüte.

Das Übernehmen der übrigen Ladung lief inzwischen auf vollen Touren, und die Sonne hatte ihren höchsten Stand noch nicht ganz erreicht, als sich nur noch Ratten im Raum der Brigg aufhielten, während nun die *Terror* ziemlich tief im Wasser lag. Sogar der Verschlag ganz unten im Schiffsinneren, wo man die Komteß von Walden gefangenhielt, hatte zur Aufnahme der Beute dienen müssen. Man hatte einen Teil des Pökelfleisches dort untergebracht; der strenge Geruch verursachte der bedauernswerten Komteß Übelkeit.

Nachdem die Beute verstaut war, versammelten sich die Korsaren wieder an Deck der Brigg. Mit höhnischem Lachen baute sich der Condottiere vor den Gefangenen am Besanmast auf. „So, und nun ratet einmal, was wir mit Euch tun werden", wandte sich der Korsar an den Kapitän.

„Ihr habt uns unser Leben zugesichert", stöhnte dieser.

„Aber selbstverständlich“, sagte der Condottiere und lachte. „Ich habe Euch versprochen, nicht Hand an Euch zu legen – und das wird auch nicht geschehen. Doch gegen eine kleine Seereise habt Ihr wohl nichts einzuwenden, oder?“

Der Kapitän starrte den Condottiere verwundert an, antwortete aber nicht. Er ahnte, daß der schwarze Pirat einen teuflischen Plan ausbrütete. Darin täuschte er sich auch nicht.

„Macht eines der Beiboote der Brigg klar“, befahl der Condottiere zweien seiner Untergebenen. „Nehmt am besten die kleine Schaluppe, kappt aber den Mast. Zwei Paar Ruder bleiben im Boot – nichts weiter.“

Der Kapitän begriff. „Ihr wollt mich und meine Leute in einem steuerlosen Boot ohne Proviant und Wasser aussetzen?“ stöhnte er. „Herr, das bedeutet trotz Eures Versprechens den sicheren Tod. Bedenkt, wie weit wir hier von jeder Küste entfernt sind. Wir können keine zwei Tage überleben und brauchen mindestens fünf oder sechs, bis wir Land erreichen können.“

„Ich habe lediglich versprochen, nicht Hand an Euch zu legen“, gab der Condottiere ungerührt zurück. „Wenn Ihr die nächste Küste nicht erreicht – nun, dann habt Ihr eben als Seemann versagt. Und jetzt will ich kein Wort mehr hören. Ich könnte es mir sonst doch noch anders überlegen und Euch zum Gaudium meiner Leute gleich über die Klinge springen lassen.“

Entsetzt schwieg der Kapitän. Man sah ihm aber an, daß er ernsthaft überlegte, ob ein schneller Tod durch die Säbel der Korsaren nicht vielleicht doch gnädiger wäre als das langsame Sterben in einem leeren Boot mitten in der Wasserwüste. Lediglich sein Selbsterhaltungstrieb gebot ihm Schweigen.

Die Schaluppe wurde eine Viertelstunde später auf die kabbelige See hinuntergelassen. Dann trieb man, ohne Rücksicht auf ihre Wunden zu nehmen, die Gefangenen in das ungedeckte Boot. Man ließ ihnen tatsächlich nichts weiter als zwei Paar Riemen. Der Mast und sogar das Steuerruder waren vorher entfernt worden. Es gab keinen Proviant, kein Wasser, keine Navigationsinstrumente und keinen Schutz vor der gleißenden Sonne. Die Engländer würden einen qualvollen Tod erleiden. Das war den Piraten klar – und sie machten ihre Späße darüber, während die Schaluppe langsam von den beiden Segelschiffen wegtrieb . . .

Eine Zeitlang blickten die Korsaren ihren bedauernswerten Opfern nach, dann schallte ein neuer Befehl des Condottiere über das Deck. „Alle Mann zurück zur *Terror!*" rief er. „Dann macht drüben die Geschütze klar und bohrt diese verrottete Brigg in den Grund. Sie ist zu schwerfällig, als daß wir sie zu einem Korsarenschiff umbauen könnten, aber ich gönne sie auch keinem als Prise für den Fall, daß wir sie einfach treiben lassen. Beeilt euch!"

Der Befehl des Condottiere wurde schleunigst ausgeführt. Kurze Zeit später trieb die steuerlose Brigg taumelnd auf dem Meer. Dann wurden auf der *Terror* sämtliche Steuerbordgeschütze gelöst. Stinkender Pulverqualm verhüllte die Szene, und als sich die Luft wieder klärte, sank der Engländer bereits mit vom Bug bis zum Heck aufgerissenem Schiffskörper. Es dauerte nur Minuten, dann hörte man ein gräßliches Gurgeln und Rauschen, das Meer schäumte auf, und gleich darauf war von dem einst so stolzen Dreimaster nichts mehr zu sehen als ein paar Holztrümmer, die verloren auf den Wellen tanzten.

Ungerührt befahl der Condottiere Kurs nach Osten zur levantinischen Küste, wo er seine so leicht und gleichzeitig grausam erworbene Beute mit gutem Gewinn loszuschlagen hoffte. Eine Stunde später kreischten nur noch ein paar vom Blutdunst erregte Möwen über dem Platz des schrecklichen Geschehens.

Verstärkung für die „Flamingo“

Eine dieser Möwen war der Schaluppe mit den fünf Überlebenden der britischen Handelsbrigg gefolgt. Vielleicht hoffte sie hier auf fettere Beute als am Ort des Schiffsuntergangs. Die Aussichten der Raubmöwen, sich bald auf die Leichen der Engländer stürzen zu können, waren jedenfalls groß.

Der britische Kapitän, sein Name lautete George Fowling, mußte die Versenkung seines eigenen Schiffes mitansehen. Er verlor aber kein Wort darüber, während die anderen vier Ausgesetzten über den Verlust der Brigg und das Unglück, das sie betroffen hatte, laut zu lamentieren begannen, kaum daß sie sich außer Hörweite der Korsarenfregatte befanden. Fowling ließ sie eine Weile gewähren, dann rief er sie zur Ordnung: „Meine Herren, es hat keinen Zweck, wenn Ihr Euch hier benehmt wie ein Schock hysterischer Hafenweiber. Wenn es auch mit unseren Überlebenschancen nicht zum besten steht, so wollen wir doch versuchen, das afrikanische oder europäische Festland zu erreichen. Wir befinden uns hier genau auf halbem Weg zwischen Alexandria in Ägypten und der griechischen Insel Rhodos. Ich schlage vor, wir rudern in Richtung auf Rhodos, wo es doch um ein oder zwei Grade kühler sein dürfte als im Süden vor der ägyptischen Küste. Irgendwelche Einwände dagegen?“

„Nur den, daß wir Rhodos nie im Leben erreichen werden“, brummte einer der Matrosen. „Ihr könnt Euch doch selbst ausrechnen, Mister Fowling, wie weit wir ohne Wasser und Proviant kommen werden. Wenn Ihr mich fragt, so ist es besser, wir stürzen uns gleich über Bord und machen unserem Elend ein Ende.“

Doch damit kam er bei Fowling an den Unrechten. Der Kapitän bewies in der schier ausweglosen Situation eine Energie, die man ihm gar nicht zugetraut hätte. „Ich will kein einziges solches Wort mehr hören!“ fuhr er den Matrosen an. „Und damit Ihr auf andere Gedanken kommt, nehmt Ihr eines der Ruder. – Ja, das hier, gleich neben mir, und seid versichert, daß ich ein Auge auf Euch haben werde, Mann!“ Der Matrose gehorchte schweigend, auch der Kapitän selbst griff zum Riemen, der zweite Offizier und der andere Matrose setzten sich unaufgefordert an das zweite Ruderpaar. Schwerfällig tauchten die unhandlichen Riemenblätter ins Wasser. Langsam, immer wieder mit dem Bug auf die unruhigen Wellen prallend, kroch die Schaluppe nach Norden.

Das Handelsschiff war am Vormittag geentert worden, gegen Mittag hatte man die fünf Überlebenden ausgesetzt. Der Nachmittag verstrich nun quälend langsam unter einer furchtbaren, glühenden Sonnenscheibe. Schon nach zwei Stunden stellte sich bei den fünf Ausgesetzten schrecklicher Durst ein. Ganz besonders litten die Verwundeten unter dem Wassermangel.

Fowling war daher gezwungen, immer wieder Ruhepausen einzulegen, und als endlich die Sonne hinter der Kimmung versank und sich schwarze, furchteinflößende Nacht auf die See senkte, wurde das Rudern überhaupt eingestellt. Aus einer abgerissenen Planke und einigen überzähligen Kleidungsstücken ließ der Kapitän einen notdürftigen Treibanker herstellen und brachte ihn dann so aus, daß ein unvermutet aufspringender Wind die Schaluppe möglichst nicht wieder den Weg zurücktreiben würde, den sie sich so mühsam erkämpft hatten. Dann sanken die fünf bedauernswerten Männer auf den Bodenbrettern des ungedeckten Bootes zusammen. Sie schliefen den Schlaf der Erschöpfung, der nur durch das Stöhnen der am Wundfieber Leidenden und manchmal einem heiseren Seufzer nach Wasser unterbrochen wurde.

Der nächste Morgen zeichnete bereits die Merkmale des baldigen Todes auf die eingefallenen Gesichter der Männer. Noch lebten sie zwar, sie rafften sich sogar auf, um gierig den Tau von den Bordwänden abzulecken, der sich während der Nacht dort niedergeschlagen hatte. Das konnte sie jedoch nur für Minuten beleben. Als sie die Ruder wieder ergreifen wollten, stellte sich heraus, daß nur noch Fowling und einer der Matrosen dazu fähig waren. Eine Stunde, zwei hielten sie noch durch. Dann mußte auch der Kapitän aufgeben. Seufzend taumelte er von der Ruderbank und blieb kreidebleich liegen. Der letzte Matrose, der mit Fowling ausgeharrt hatte, mühte sich noch eine weitere halbe Stunde mit dem schweren Riemen ab und versuchte, die Schaluppe notdürftig auf Kurs zu halten. Dann verließen auch ihn die Kräfte. Er raffte sich noch hoch, machte ein paar Schritte auf den Bootsbug zu, als wolle er die Insel Rhodos zu Fuß erreichen, und brach über dem Vordersteven zusammen. Die Schaluppe schor langsam nach Steuerbord weg, schlug quer und trieb nun steuerlos vor dem Wind.

Es war den fünf Männern, die in allen möglichen Stellungen auf den Planken lagen, bereits egal. Sie wußten alle tief in ihren dumpfen und schwerfälligen Gedanken, daß sie den nächsten Morgen nicht mehr erleben würden. Was sollten sie sich also noch anstrengen, um eine weitere Seemeile oder vielleicht zwei näher an die griechische Küste heranzukommen? Sie hatten aufgegeben, und jeder von ihnen bereitete sich auf seine Weise auf das Ende vor.

Einige Stunden später stieß die Raubmöwe, welche seit einem Tag und einer Nacht der Schaluppe gefolgt war, plötzlich ein erschrockenes Kreischen aus, trippelte aufgeregt über die Brust des besinnungslosen Kapitäns – und strich laut zeternd ab. Fast gleichzeitig schob sich ein dreieckiger Schatten über Bug und Mittelteil der Schaluppe, während von oben laute Rufe erklangen. Wenig später klatschte ein derbes Tau auf den

Bootsboden, dem sofort zwei kräftige Matrosen folgten. Sie beugten sich über die leblosen Gestalten in der Schaluppe, fühlten den Besinnungslosen den Puls, dann rief einer zu dem Segler hinauf, der hart neben dem offenen Boot lag: „Sie leben noch, Kapitän. Aber wenn wir nur ein paar Stunden später gekommen wären, wären sie nicht mehr am Leben gewesen."

„Dann hievt sie schleunigst an Deck", erklang von der Brücke des Seglers eine befehlsgewohnte Stimme.

Die beiden Matrosen verloren keine Zeit. Sie legten dem am schwersten verwundeten ersten Offizier ein Tau um den Leib, gleich darauf wurde er nach oben gezogen. Mit den anderen Besinnungslosen verfuhr man ebenso. Zehn Minuten später lagen alle fünf Geretteten in der kühlen Kapitänskajüte des Seglers. Man bemühte sich dort nach besten Kräften um sie.

Das Schiff, das in der Stunde der höchsten Not so unvermutet aufgetaucht war, trug am Bug in großen Lettern den Namen *Flamingo* ...

Germain und seine vier Freunde kümmerten sich persönlich um die Geretteten, während Fagnet das Einbringen der Schaluppe überwachte. Annabelle, welche in der Betreuung von Verletzten einige Erfahrung besaß, kühlte und verband zunächst die Wunden, welche die Engländer noch bei dem Kampf mit den Piraten davongetragen hatten. Währenddessen flößten Germain, Jean, Rory und Denghizik den Bewußtlosen frisches Wasser ein, das sie auf Anraten des Steuermannes mit Zitronensaft versetzt hatten. Das Mittel hatte eine unglaublich belebende Wirkung. Es dauerte nur wenige Minuten, bis der Kapitän der gekaperten Brigg als erster die Augen aufschlug. Verwirrt schaute er sich um, dann griff er gierig nach der Flasche, die Germain ihm hinhielt und trank nun selbst in langen, durstigen Zügen, bis sich kein Tropfen mehr in dem Gefäß befand. „Wo ... wo bin ich?" stammelte er daraufhin in englischer Sprache.

„In Sicherheit", antwortete ihm Germain. „Habt Ihr Euch so weit erholt, daß Ihr mir berichten könnt, wie Ihr in diese schreckliche Situation geraten seid?"

„Könnte ich noch einen Schluck Wasser haben?" bat der Kapitän. „Ich fühle mich noch immer schrecklich ausgedörrt." Germain reichte ihm den verlangten Trunk. Wieder war die Flasche leer, ehe der Engländer sie absetzte. Doch jetzt war er so weit gekräftigt, daß er sich aufsetzen konnte. Er erkannte die Leute, die mit ihm im selben Boot gewesen waren, sah, daß sie alle lebten und wandte sich mit nunmehr kräftigerer Stimme an Germain: „Ihr habt uns allen das Leben gerettet, mein Herr! Laßt mich Euch dafür von ganzem Herzen danken. Wäre es nach den Piraten gegangen, die uns in der Schaluppe ohne Wasser und Nahrung aussetzten, würden wir jetzt wohl den Fischen als Nahrung dienen."

„Ihr sprecht von Piraten?" unterbrach Germain aufgeregt den Kapitän. „Ihr wißt gar nicht, wie wichtig dies für mich und meine Freunde ist! Könnt Ihr mir vielleicht sagen, welchen Namen der Korsar führte?"

„Und ob ich das kann", rief der Kapitän. „Werde ihn nie wieder vergessen – es war die *Terror,* ein ausgezeichnet getakelter Dreimaster. Doch so tadellos die Fregatte auch gebaut war, so schurkisch war ihre Mannschaft. Die Halunken . . ."

Kapitän Fowling wurde unterbrochen. „Hast du das gehört?" rief nämlich Annabelle. „Germain, er ist's. Es ist der Condottiere, der diese braven Leute überfallen hat. Wir haben seine Fährte wieder!"

„Endlich!" rief Germain.

„Ihr kennt den Piraten und das Schiff?" erkundigte sich der englische Kapitän erstaunt.

„Und ob", antwortete Germain. „Die *Terror* oder die *Erzherzog Karl,* wie sie noch vor wenigen Wochen hieß, wurde in Triest bei Nacht und Nebel von einem gefährlichen Verbrecher gekapert. Der Mann nennt sich Marco der Condottiere und versuchte im Mai, seine Majestät, Kaiser Karl VI. von Österreich hinterrücks zu ermorden. Später war er dann in ein Komplott gegen Österreich verwickelt. Er wollte die habsburgischen Erblande mit Hilfe der Türken überfallen. Meine Freunde und ich konnten das verhindern und ihn gefangennehmen. Der Schurke jedoch entfloh, entführte meine Mutter und macht seitdem das östliche Mittelmeer als Pirat unsicher. – Ihr werdet nun wohl nicht mehr fragen, ob wir den Kerl kennen, Kapitän!"

„Bei Gott nicht", erwiderte Fowling. Er hatte sich wieder so weit erholt, daß er jetzt von seinem Lager aufsprang und in der Kajüte herummarschierte. „Bei Gott nicht", wiederholte er. „Hätte ich geahnt, welcher Teufel in Menschengestalt mein gutes Schiff enterte, ich hätte alles darangesetzt, ihm meinen Degen durch den Wanst zu rennen – auch wenn es mich selbst das Leben gekostet hätte. – Ein Mann, der den Kaiser von Österreich ermorden wollte! Man möchte es kaum glauben! Ihr müßt wissen, mein Freund, daß seine Majestät, Karl VI., von uns Engländern hochgeschätzt wird, wagte er es doch mutig, sich Ludwig XIV. von Frankreich entgegenzustellen." Der Kapitän war außer sich.

„Er ist uns einige Male entkommen, doch früher oder später werden wir ihn trotzdem stellen und hinter Gitter bringen", versuchte Germain den Briten zu beruhigen. „Ihr könnt uns dabei behilflich sein, Kapitän. Seid doch so zuvorkommend und berichtet uns genau, was mit Eurer Brigg geschehen ist."

Das ließ sich Fowling nicht zweimal sagen. Umringt von den Gefährten der *Blauen Rose,* welche sich nun nicht mehr um die Schiffbrüchigen kümmern mußten, da diese sich ebenfalls zu erholen begannen, erzählte er haarklein den Verlauf der Kaperung. „Und so wurden wir fünf ausgesetzt. Zwar lebend, aber doch dem beinahe sicheren Tod geweiht", schloß er.

„Und jetzt dem Leben wiedergegeben", bemerkte Jean

grinsend. „Möglicherweise werdet Ihr Euch rühmen können, zum Nagel am Sarg des Condottiere geworden zu sein, wenn Ihr uns jetzt noch verratet, wohin sich der Seeräuber nach der Versenkung Eurer Brigg gewandt hat."

„Nachdem er mein Schiff in den Grund gebohrt hatte, segelte der Halunke nach Ostnordost davon", antwortete der englische Kapitän, ohne auch nur eine Sekunde zu überlegen.

„Dann wollte er nach Zypern oder zur levantinischen Küste", bemerkte Denghizik, der diese Gewässer von früher her kannte. „Es gibt überhaupt keine andere Möglichkeit. Germain, wir haben keine Zeit mehr zu verlieren – meinst du nicht auch?"

„An Deck! Die Matrosen sollen jeden Fetzen Leinwand setzen", lautete die Antwort des Anführers der *Blauen Rose.* Schon wollte er zur Luke gehen, als er sich besann und sich noch einmal Fowling zuwandte: „Ihr und Eure Leute könnt hier bleiben oder mit uns an Deck kommen. Es liegt bei Euch."

„Wir kommen mit an Deck", entgegnete der britische Kapitän sofort. „Oder denkt Ihr etwa, daß wir hier unten auf der faulen Haut liegen, während Ihr den Piraten jagt? Ich habe mein Schiff verloren und deswegen – ebenso wie Ihr auch – noch eine Rechnung mit dem Condottiere offen. Wenn Ihr also noch fünf wackere Leute haben wollt, stehen wir gerne zu Diensten."

„Das ist ein Wort!" rief Germain erfreut. „Wir können Euch brauchen."

„Dann segeln wir mit Euch, bis wir den Piraten vernichtet haben", versprach der Engländer. – „Oder bis wir selbst auf dem Meeresgrund gelandet sind", setzte sein erster Offizier schmunzelnd hinzu. „Doch wie auch immer, wir stehen auf Eurer Seite!"

Die Mannschaft der *Flamingo* hatte sich auf diese Weise um fünf erfahrene Seeleute vermehrt, wenn auch die meisten von ihnen immer noch an ihren Wunden litten und deswegen nicht überall eingesetzt werden konnten. Sollte es jedoch zum Kampf kommen, dann würden die fünf Engländer ihren Mann schon stehen. Davon war Germain fest überzeugt, als er wenig später Fagnet von der Entwicklung der Dinge berichtete. Fagnet, der wohl selbst in eine berserkerhafte Wut geraten wäre, hätte ihm jemand die *Flamingo* versenkt, stimmte dem Anführer der *Blauen Rose* zu. Er bat Fowling und dessen zwei Offiziere zu sich auf das Achterkastell, und gemeinsam legten sie den günstigsten Kurs fest, der sie wieder in die Nähe der *Terror* führen würde. Wenig später schoß die *Flamingo* nach Ostnordost davon. Germains Rat folgend, hatte Fagnet tatsächlich auch noch den allerletzten Fetzen Leinwand setzen lassen.

Der Korsar mußte etwa vierundzwanzig Stunden östlich der *Flamingo* liegen. Es galt also, diesen Vorsprung aufzuholen, und deswegen hielt der Schoner während des ganzen restlichen Tages und auch während der folgenden Nacht seine höchste Geschwindigkeit. Der Schoner preschte die ganze Zeit mit rund zwölf Knoten Geschwindigkeit über das Mittelmeer; als der Morgen graute, war deswegen am Horizont bereits die felsige Westküste der Insel Zypern zu erkennen.

Nun galt es, vorsichtiger zu sein, damit man nicht etwa an der *Terror* vorbeilief, die wahrscheinlich in einem versteckten Hafen oder einer verborgenen Bucht Schutz gesucht hatte. Da man von Fowling wußte, daß der Korsar schwere Ladung trug und deswegen beträchtlich langsamer vorwärtskommen mußte als die *Flamingo,* war anzunehmen, daß man sich ihm jetzt bis auf höchstens zwei oder drei Stunden genähert hatte. Aus diesem Grund wurden die Kanonen schußbereit gemacht, wurden außerdem an jeden Mann der Besatzung Muskete, Pistolen und Säbel ausgegeben. Das Gerät zum Entern lag an Deck bereit, denn Germain hatte geschworen, sich nicht mehr mit fruchtlosen Verhandlungen aufzuhalten, wenn der Feind in Sicht kommen würde, sondern statt dessen sofort den Sturm auf die

Piratenfregatte zu wagen. An seine Mutter freilich durfte er dabei nicht denken. Er konnte im Fall des Kampfes nur eines tun: sich nämlich sofort auf den Condottiere werfen und diesen unschädlich machen, ehe der Korsarenkapitän den Befehl geben konnte, Hand an die Komteß zu legen. Es war gefährlich, doch Germain sah einfach keine andere Möglichkeit.

So glitt die *Flamingo* nun langsam und mit gerefften Segeln an der buchtenreichen zypriotischen Südküste entlang. Germain hatte auf den Toppmast geentert und suchte von diesem luftigen Aussichtspunkt mit Hilfe eines Fernrohrs jede Bucht, jede Flußmündung ab. Allmählich verstrich der Tag, ohne daß der Anführer der *Blauen Rose* eine Spur des Korsaren entdeckte. Um nicht an der *Terror* vorüberzulaufen, ankerte man am Abend hart vor dem sanft ins Meer gleitenden Südostkap der Insel. Doch schon bei Sonnenaufgang wurden auf der *Flamingo* wieder die Segel gesetzt; erneut begann die Suche.

Da Kapitän Fowling versicherte, der Korsar würde seine geraubte Ladung außer auf Zypern nur noch in Tripolis loswerden können, und da die *Terror* offensichtlich Zypern doch nicht angelaufen hatte, legte Fagnet das Steuer nun zur levantinischen Küste herum. Wieder jagte der Schoner unter vollen Segeln über die See, und dann – gegen zehn Uhr vormittags – tauchten am östlichen Horizont plötzlich die drei Masten einer Fregatte auf.

„Ich will nicht den Degen d'Artagnans führen, wenn das nicht der Condottiere ist", rief Germain sofort aus. „Ich fühle es: Wir haben den Feind wieder vor uns!"

„Deine Ahnungen in allen Ehren – aber diese Gewässer sind ziemlich dicht befahren", gab Denghizik zu bedenken.

„Dann werden wir uns eben Gewißheit verschaffen", antwortete Fagnet. „Steuermann – noch drei Grad näher an den Wind! Holt heraus, was die *Flamingo* nur leisten kann!" Das schwere Steuerrad wirbelte herum, der Bug des Schoners legte sich so schräg, daß die Spitzen der untersten Rahen beinahe die Wellen streiften. Eine falsche Bewegung des Rudergängers – und die *Flamingo* mußte kentern. Doch segelte der Mann bereits viele Jahre unter dem Kommando Kapitän Fagnets; er hatte französischen Kriegsschiffen schon so manches Schnippchen geschlagen und behielt deswegen auch jetzt den Schoner in der Gewalt.

Germain hatte wieder das Krähennest im Mast bestiegen. Es war gefährlich dort oben, denn selbstverständlich zeigte auch die Mastspitze schräg nach Steuerbord. Doch Germain mußte unbedingt Gewißheit darüber haben, ob sie wirklich die *Terror* aufgestöbert hatten.

Die *Flamingo* schoß mit vierzehn oder fünfzehn Knoten dahin. Die Entfernung zwischen den beiden Schiffen verringerte sich zusehends. Und dann erkannte der Anführer der *Blauen Rose* durch sein Fernglas verwischte Schriftzüge am Bug des Dreimasters, als dieser einmal in ein Wellental sackte und sich dabei schräg stellte. Noch konnte Germain die Schriftzeichen nicht entziffern, aber dann schor die Fregatte erneut taumelnd weg, und jetzt hatte der kühne Beobachter in der Mastspitze Glück. Ganz deutlich erkannte er für zwei, drei Sekunden den Namen *Terror*.

Geschickt hangelte sich Germain an den Wanten an Deck zurück. „Sie ist's!" rief er aufgeregt. „Wir haben den Korsaren vor uns. Jetzt fragt sich nur, wie wir an ihn herankommen. Wir müssen ihn auf jeden Fall überraschen. Am besten ist es wohl, wir folgen ihm in gleichbleibendem Abstand, warten den Schutz der Dunkelheit ab und greifen dann an."

„Die einzige Möglichkeit", bestätigte Fagnet.

Die Gefährten der *Blauen Rose* sagten kein Wort, aber sie hatten unmißverständlich die Hände an die Griffe ihrer Degen gelegt.

Germains Plan fand allgemeine Zustimmung. Doch da

meldete sich plötzlich Kapitän Fowling zu Wort: „Glaubt nicht, daß ich mich drücken würde, wenn es zum Entern käme, mein tapferer Freund Germain", sagte er. „Ich denke aber, daß es gar nicht nötig sein wird, uns bei Nacht und Nebel an den Korsaren heranzumachen. Seid so gut und werft einmal einen Blick nach Backbord."

Nicht nur Germain wandte sich erstaunt zur linken Seite des Schoners, auch seine Gefährten und Fagnet taten das. Und erstaunt sahen sie, daß dort ein weiteres Schiff aufgetaucht war, ebenfalls ein großer Dreimaster, der in spitzem Winkel genau zwischen die *Flamingo* und die *Terror* hielt.

Germain richtete sein Fernrohr auf den fremden Dreimaster. „Es scheint sich um ein Kriegsschiff zu handeln", sagte er gleich darauf. „Ich kann deutlich die Kanonenpforten an Ober- und Zwischendeck erkennen."

„Wie ich mir an Hand von Bauart und Takelage schon dachte", bemerkte Kapitän Fowling. „Wollt Ihr nun so gut sein und auch einen Blick auf die Flagge dieses Kriegsschiffes werfen, mein Freund?"

Germain tat es. Dann rief er überrascht: „Es ist ein Engländer. Ich kann die Farben Britanniens ganz deutlich erkennen."

„Ein Engländer also", sagte Fowling. „Und ich bin auch Untertan dieses Landes. Der Korsar hat mir mein Schiff versenkt, und dafür werde ich jetzt die Hilfe der britischen Mittelmeerflotte in Anspruch nehmen. Mein Landsmann wird keinen Augenblick zögern, zusammen mit der *Flamingo* die Jagd auf den Piraten aufzunehmen. Es ist dazu nur nötig, daß ich ihm ein paar Flaggensignale sende und ihm unsere Situation erkläre. – Ihr habt doch die nötigen Tücher an Bord, Kapitän Fagnet?"

„Selbstredend, wie jeder anständige Segler", entgegnete dieser. „Steuermann, holt die Flaggen aus der Truhe in meiner Kajüte." Dann wandte sich der Kapitän Fowling zu: „Ihr wollt den Korsaren zwischen den Engländer und uns bringen und ihn auf diese Weise überlisten, nicht wahr?"

„Erraten", nickte Fowling. „Ein guter Plan, nicht wahr?"

„Aber was wird dann aus meiner Mutter, wenn der Condottiere am hellichten Tag von zwei Schiffen angegriffen wird?" protestierte Germain. „Der Korsar wird sie töten, und wir sind dagegen machtlos."

„Nicht, wenn wir schlau genug vorgehen", antwortete Fowling vergnügt. „Einzig die *Flamingo* wird näher an die *Terror* heransegeln und sie ablenken. Wir können sogar ein wenig mit dem Condottiere verhandeln, das wird die Sache noch erleichtern. Wenn wir uns dann gegenseitig Beschimpfungen zurufen, kann mein Landsmann heimlich, still und leise durch das Hintertürchen schlüpfen und die Fregatte kapern, ehe sie sich's versieht. Ich muß ihm jetzt nur die nötigen Flaggenanweisungen geben, was völlig ungefährlich ist, da der Pirat von seinem Standpunkt aus die Signale nicht wird lesen können. Verlaßt Euch auf mich, Germain. In wenigen Stunden befindet sich die *Terror* in unserer Hand."

„Der Plan ist wirklich ausgezeichnet", bestätigte auch Fagnet. Germain mußte ihnen recht geben, nachdem er sich noch kurz mit seinen Freunden besprochen hatte. Dann erhielt Fowling die gewünschten Signalflaggen und rief den Engländer an. Der bestätigte sofort, Fowling konnte seine Wünsche übermitteln. Die britische Fregatte war mit seinem Plan einverstanden. Schon machte sie sich bereit, um Fowlings Vorhaben in die Tat umzusetzen. Langsam schoben sich die beiden verbündeten Segler an die ahnungslose *Terror* heran, welche nach wie vor unbeirrt ihren ostnordöstlichen Kurs hielt. Der Angriff ließ sich ausgezeichnet an. Doch würde es wirklich gelingen, die Piraten zu überrumpeln und die Gefangene auf der *Terror* zu befreien? – Die nächsten Stunden mußten es zeigen.

Die Galionsfigur des Condottiere

Die Sonne hatte ihren höchsten Stand erreicht. Senkrecht trafen ihre gleißenden Strahlen auf die bewegte Wasserfläche. Die Augen schmerzten, wenn man das Spiel aus Licht und Wasser längere Zeit betrachtete. Die Tageszeit hätte für einen Überrumpelungsangriff der *Flamingo* und des Engländers nicht günstiger sein können. Näher und näher pirschten sich die beiden Schiffe an die *Terror* heran, wobei der britische Dreimaster jedoch einen Kurs segelte, der ihn scheinbar eine halbe Meile an dem Korsaren vorbeiführen würde. Fowling hatte mit dem Kapitän der Fregatte per Flaggensignal ausgemacht, daß dieser erst im letzten Augenblick wenden und den Piraten von achtern angreifen sollte. Die grellen Lichtreflexe würden es möglich machen, daß der Engländer vorher unbemerkt die nötigen Segelkorrekturen vornehmen konnte.

Der Angriff lief also, und gespannte Erwartung herrschte an Bord der beiden Windjammer, welche den gefährlichen Condottiere endgültig zu stellen gedachten.

Doch auch auf Bord der *Terror* schlief der Gegner nicht. Schon eine ganze Weile beobachtete der Korsarenkapitän die immer näher herankommende *Flamingo.* Als der Condotticre dann erkannte, daß es sich um denselben Schoner handelte, der ihn vor Kakovatos schon einmal bedrängt hatte und der von seinem Todfeind Germain befehligt wurde, rief er seinen Steuermann zu sich auf das Achterdeck.

„Was meint Ihr?“ redete er den vierschrötigen Seemann an. „Wird der größenwahnsinnige Milchbart es noch einmal wagen, uns anzugreifen?“

„Ich kann's kaum glauben, es scheint aber tatsächlich der Fall zu sein“, brummte der Steuermann. „Jedenfalls segelt der Schoner haargenau in unserem Kielwasser und ist bereits auf dreifache Kanonenschußweite herangekommen. Aber er muß doch einsehen, daß er uns nicht gefährlich werden kann. Wir sind besser bewaffnet und haben außerdem unsere hochwohlgeborene Geisel an Bord.“

„Er kann uns bis zum Abend folgen und dann versuchen, uns zu entern“, gab der Condottiere zu bedenken. „Ganz ehrlich! Ich traue ihm nicht, diesem Germain . . .“

„Er kann auch nicht im Schutz der Dunkelheit an uns herankommen, wenn wir nur genügend Pechfackeln und Laternen an der Reling aufhängen.“ Der Steuermann schneuzte sich verächtlich durch die Finger. „Freilich, einfach davonsegeln können wir ihm auch nicht. Dazu ist er zu schnell und wir zu schwer beladen“, setzte er noch hinzu. „Ich würde vorschlagen, wir warten einfach ab und geben ihm ein paar Kugeln, wenn er gar zu übermütig wird.“

„Dann laßt die Geschützmannschaften sofort antreten“, befahl der Condottiere, der sich trotz der beruhigenden Worte seines ersten Offiziers heute gar nicht wohl in seiner Haut zu fühlen schien. – Der Steuermann trat ab, der Condottiere hob erneut sein Fernrohr und suchte das Meer rings um die *Terror* sorgfältig ab.

Auf diese Weise konnte ihm selbstverständlich der englische Dreimaster nicht entgehen. Unwillkürlich zuckte der Korsarenkapitän zusammen, als das Rohr ihm das mächtige Kriegsschiff scheinbar auf Reichweite nahebrachte. Noch ein Gegner! Sie nehmen uns in die Zange, schoß es ihm durch den Kopf. Hastig setzte er das Rohr ab und winkte dem Steuermann, der eben die Geschützmannschaften an den achteren Kanonen eingewiesen hatte. Der Condottiere deutete auf die Fregatte. „Da zeigt sich plötzlich noch ein Segel am Horizont“, preßte er zwischen den Zähnen hervor. „Steuermann, ich muß Euch erneut um Eure Meinung bitten.“

„Dürfte ich einmal das Glas haben?"

Der Condottiere reichte es ihm. Lange musterte nun der Offizier den englischen Dreimaster, der unbeirrt seinen Kurs verfolgte. „Der scheint sich nur zufällig in diesen Gewässern aufzuhalten", brummte er endlich. „Die Fregatte trägt außerdem die englischen Farben am Hauptmast, kann uns also nichts wollen. Wir haben uns schließlich mit dem Kaiser von Österreich angelegt, nicht mit den Briten."

„Nun ja – mit einer Ausnahme", gab der Condottiere zu bedenken.

„Ihr denkt an den englischen Kauffahrer, den wir vorgestern zur Hölle schickten?" fragte der Steuermann lachend. „Beruhigt Euch, Kapitän. Die fünf Mann, die wir in der Schaluppe aussetzten, sind inzwischen längst verdurstet. Die konnten bestimmt keinem mehr von unserem Handstreich berichten. Und wenn sie es doch getan hätten, würde der Brite bestimmt einen anderen Kurs segeln. Da er nichts von unserer Geisel wüßte und auf sie auch keine Rücksicht zu nehmen bräuchte, würde er uns auf der Stelle angreifen. Darauf verwette ich meine Rumration für drei Wochen. Seid ganz beruhigt, Herr. Der Engländer ist für uns völlig ungefährlich."

Der Condottiere nickte langsam, offenbar nur halb überzeugt. Dann wandte er sein Augenmerk wieder der *Flamingo* zu. „Der verdammte Schoner ist schon wieder nähergekommen", rief er aus. „Jetzt hat meine Geduld ein Ende. Steuermann, schickt ihm ein paar feurige Grüße hinüber!"

„Mit Vergnügen", lachte dieser, „auch wenn die Entfernung noch zu groß ist. Aber es schadet gar nichts, wenn wir unsere Kanonenrohre wieder mal auspusten." Damit eilte er vom Achterkastell, brüllte ein Stockwerk weiter unten auf dem Zwischendeck eine Reihe von Befehlen und löste dann selbst den ersten achteren Zwanzigpfünder. Gleich darauf ertönten weitere Kanonenschüsse. Dicker Pulverqualm wölkte bis zur halben Höhe der Masten empor; ein unheimliches Rauschen und Pfeifen erfüllte die Luft. Nur etwa hundert Meter vor dem Bug der heranpreschenden *Flamingo* schossen plötzlich mehrere Wassersäulen in die Höhe. Gischtspritzer überschütteten den Schoner, auf dem sofort mehrere Reffs geschlagen wurden, worauf das Schiff sichtlich an Geschwindigkeit verlor.

„Ah, sie fallen zurück. Die Helden haben die Hosen voll", rief der Condottiere mit hämischer Freude. „Ich muß Euch loben, Steuermann. Ihr habt ausgezeichnet gezielt."

„Das werde ich auch beim nächstenmal tun, Ihr könnt Euch darauf verlassen", antwortete der Angesprochene trocken. „Ihr seht, Kapitän, wir haben die Situation voll im Griff."

Es sah tatsächlich so aus, als hätte sich die Besatzung der *Flamingo* von dem kurzen Feuerüberfall gehörig einschüchtern lassen. Der Schoner folgte der *Terror* zwar auch weiterhin, hielt jedoch nun respektvollen Abstand. Freilich war an diesem Manöver keineswegs mangelnder Kampfesmut Germains und seiner Freunde schuld.

„Der Condottiere ist auf unseren Scheinangriff hereingefallen", wandte sich Annabelle an den Anführer der *Blauen Rose.* „Es hätte gar nicht besser laufen können. Er hat ein paar Kanonenkugeln verschwendet, die bei uns keinen Schaden anrichten konnten, und jetzt beobachtet uns der Korsar mit Argusaugen. Genau dazu wollten wir ihn ja auch bringen."

„Richtig", stimmte Jean grinsend zu. „Die kleine Kanonade hat den Schurken vollkommen von der englischen Fregatte abgelenkt. Seht nur – sie hat den Kurs jetzt leicht verändert und rückt der *Terror* immer näher auf den Pelz."

„Ja, es scheint tatsächlich zu klappen", meinte auch Germain. „Wir wollen es dem Briten noch ein wenig leichter machen. Kapitän Fagnet – könnt Ihr ein paar Grad weiter nach Norden abfallen? Das zwingt den Korsaren, seinen Kurs ebenfalls zu ändern, um uns nicht die verwundbare Flanke zu bieten. Durch dieses Manöver liegt der Engländer dann ein Stück weiter südlich, und da die Sonne ihren mittäglichen Scheitelpunkt inzwischen überschritten hat, können unsere englischen Verbündeten im Schutz ihrer Blendwirkung noch unauffälliger operieren."

„Wird sofort geschehen", sagte Fagnet und eilte auf die Brücke, um die nötigen Ruderkommandos zu erteilen. Gleich darauf änderte der Schoner seinen Kurs in der Weise, wie Germain es vorgeschlagen hatte. Die nächsten Minuten über herrschte atemlose Spannung an Bord der *Flamingo.* Würde der Condottiere auf die Finte hereinfallen, ohne Verdacht zu schöpfen? Würde der Engländer in eine günstige Angriffsposition gelangen? Noch liefen die Kiellinien der hintereinander segelnden Schiffe in einem spitzen Winkel auseinander. Allmählich jedoch zeigte die *Terror* immer mehr von ihrer verwundbaren Flanke.

Germain wurde langsam ungeduldig. „Denghizik", rief er seinem Kameraden zu, der nach wie vor mit brennender Luntenstange am Buggeschütz stand, „Denghizik, laß dein Geschütz zum Bogenschuß richten, so als ob du es auf die Breitseite des Korsaren abgesehen hättest. Der Condottiere scheint nicht so recht zu begreifen, was wir von ihm wollen, und deswegen werden wir ihm ein wenig Nachhilfeunterricht erteilen."

Gleich darauf begann der Mongole mit weithin schallender Stimme eine Reihe von Befehlen zu geben. Seine Geschützmannschaft vollführte am Bug der *Flamingo* einen Heidenspektakel, steil wurde das Rohr der Falkonette zum Himmel gerichtet, während Denghizik die glühende Lunte schwenkte. Und die Kriegslist hatte Erfolg . . .

Auch am Steuerruder der *Terror* wurde es nun lebendig; es dauerte nur noch eine Minute, dann drehte die Korsarenfregatte stärker in den Wind und lief durch dieses Anluven nun wieder parallel zum Kurs des Schoners. Ein schneller Blick auf den

Engländer überzeugte Germain davon, daß dieser nun tatsächlich in einer viel günstigeren Position lag. Unter dem Schutz der blendenden Sonnenstrahlen konnte das Kriegsschiff nun seinen Überraschungsangriff jederzeit wagen.

Die Piraten auf der *Terror* bemerkten nichts davon. Man beschäftigte sich dort ausschließlich mit der *Flamingo.* „Die freche Nußschale wagt es doch tatsächlich, uns zu drohen", rief der Condottiere wütend. „Wagt es, sich zum Feuern auf unsere Flanke fertigzumachen. Hätten wir nicht den Raum bis obenhin voll wertvoller Ladung, würde ich den Kampf aufnehmen und den Zweimaster in den Grund bohren wie neulich diesen britischen Pfeffersack. Aber ich will diese Ladung, die uns alle zu vermögenden Leuten machen wird, nicht unnötig in Gefahr bringen. Wir laufen deswegen einfach weiter vor der *Flamingo* her. Wenn wir ihr stets das Heck zukehren und außer Schußweite bleiben, kann sie uns nicht gefährlich werden. Und haben wir erst einmal die Küste von Zypern erreicht, muß dieser Germain sowieso abdrehen lassen. Ein einziges Wort von mir könnte ihm dort nämlich ein halbes Dutzend türkischer Kriegsschiffe auf den Hals hetzen, die er als Untertan des österreichischen Kaisers fürchten muß. Also, Steuermann, haltet den bisherigen Kurs und kümmert Euch nicht weiter um den Pinscher in unserem Kielwasser."

In diesem Augenblick schallte die Stimme Germains über die Wasserwüste: „Warum ergreift Ihr das Hasenpanier, Condottiere? Habt Ihr mehr Angst vor meinem Degen als Ihr zugeben wollt? Ihr seid doch sonst so tapfer, wenn es darum geht, hilflose Frauen zu entführen oder hinterrücks Bomben zu werfen. Ich sage Euch, Ihr Halunke und Verbrecher, Ihr seid ein Feigling, wie man ihn nicht ein zweites Mal im ganzen weiten Mittelmeer finden kann!" – Germain rief seinem Todfeind diese Beleidigungen durchaus nicht zum Vergnügen zu, auch wenn sie ihm aus vollem Herzen drangen. Er verfolgte einen ganz bestimmten Zweck damit: Germain wollte den Condottiere noch zusätzlich von dem verfolgenden Engländer ablenken. Es gelang ihm zu seiner heimlichen Genugtuung ausgezeichnet.

Während der nächsten Stunden hielten sich der Condottiere und der wachfreie Teil der Korsarenmannschaft fast ständig am Stern ihres Kaperschiffes auf. Germain und seine Gefährten wurden nicht müde, den Gegnern eine Schmähung nach der anderen zuzurufen – und die Piraten zahlten eifrig mit gleicher Münze zurück. Auf diese Weise näherte man sich der zypriotischen Westküste bis auf ungefähr fünfzig Meilen. Die Sonne stand inzwischen so tief, daß die Augen schmerzten, wenn man nach Südwesten blickte. In ihrem Schutz hatte das britische Kriegsschiff unauffällig Faden um Faden aufgeholt, was man jedoch auf der *Terror* ignorierte oder, was wahrscheinlicher war, gar nicht bemerkte.

Eine weitere Stunde verging. Schon zeigten sich im Osten hart über der Kimmung die ersten blaßblauen Ausläufer der Insel Zypern. Im Nordwesten schob sich gar ein Kap des von Christen und Türken zu gleichen Teilen bewohnten Eilandes schon beinahe bis auf die Höhe der *Flamingo* vor. Da straffte sich die schlanke Gestalt des Anführers der *Blauen Rose.* Der richtige Zeitpunkt zum eigentlichen Angriff war gekommen.

„Fowling", rief er, „unsere englischen Verbündeten werden wohl von selbst wissen, wann sie zu handeln haben?"

„Worauf Ihr Euch verlassen könnt", entgegnete der britische Kapitän.

„Gut!" Germain schwang seinen berühmten Degen gegen das Kaperschiff. „Fagnet, steuert die *Flamingo* noch einen oder zwei Faden näher an den Piraten heran! Geschützmannschaften – klar zum Feuern! Haltet auf die Masten und Spieren des Feindes und seht zu, daß wir ihm selbst nicht die Flanke bieten!"

Es dauerte nur wenige Minuten, dann waren Germains Befehle ausgeführt. Schwer stampfend schob sich der Schoner näher an die *Terror* heran, und ehe sich's drüben die verdutzten und durch das bisherige Verhalten der *Flamingo* leichtsinnig gewordenen Korsaren versahen, verließen pfeifend die ersten Kanonenkugeln die Buggeschütze des Schoners. Freilich war die Entfernung immer noch zu groß für ein sicheres Zielen und Treffen. Die Kugeln schlugen entweder hinter dem Heck der *Terror* ins Meer oder streiften nur kraftlos die Segel des Besanmastes der Fregatte. Doch das hatte Germain bei seinem Angriffsbefehl bereits einkalkuliert. Es lag ihm ja auch gar nichts daran, das Piratenschiff zu versenken, in dessen Laderaum immer noch seine Mutter gefangengehalten wurde. Dem Anführer der *Blauen Rose* ging es ausschließlich darum, den Condottiere und dessen Besatzung von dem englischen Kriegsschiff abzulenken, so daß dessen Besatzung die Gelegenheit erhielt, sich mit Hilfe der Boote so nahe an die *Terror* heranzupirschen, daß ein rascher Kaperstreich Erfolg zeigen mußte.

Das schien auch ganz ausgezeichnet zu gelingen . . .

Der Condottiere, der durch die von Germain befohlene Kanonade aufs äußerste gereizt war, gab ebenfalls den Feuerbefehl. Die schweren Zwanzigpfünder am Heck des Korsaren bäumten sich auf, schickten brüllend ihre Ladungen zur *Flamingo* hinüber. Doch richteten die Kugeln dort ebensowenig Schaden an wie umgekehrt die Geschosse des Schoners; eine einzige nur riß ein Loch in das Jagersegel der *Flamingo* und setzte die dreieckige Leinwand in Brand. Das Feuer wurde jedoch mit ein paar Eimern Wasser sofort wieder gelöscht.

Trotzdem ertönte nach diesem harmlosen Treffer auf der *Terror* lautes Jubelgeschrei. Die Piraten glaubten anscheinend, den Sieg bereits in der Tasche zu haben. Germain benutzte die Gelegenheit, um den Schoner noch einmal ein paar Strich seitlich wegscheren zu lassen, so daß der Englander jetzt direkt zwischen die untergehende Sonne und den Korsaren zu liegen kam. Für den Briten konnte es nun gar keine bessere Position zum Kaperangriff mehr geben. Während Germain weiter das Scheinfeuer leitete, beobachtete er scharf die verbündete Fregatte. Und er mußte insgeheim deren Kapitän ein dickes Lob aussprechen. Auch die Gefährten Germains bewunderten die Umsicht dieses Seemannes.

„Der Schlaukopf hat ebenfalls den Kurs geändert, so daß er jetzt parallel zu uns segelt", stellte Annabelle fest. „Damit räumt er bei dem Condottiere auch den letzten Verdacht aus, sollte er überhaupt einen hegen. Phantastisch!"

„Im Schutz des eigenen Schiffskörpers kann er jetzt seine Boote zu Wasser lassen", murmelte Rory. „Ah, da zeigen sie sich schon . . ."

„Drei, vier, fünf . . . sechs! Holla, der Engländer scheint seine gesamte Mannschaft zum Kapern einzusetzen", rief Jean aus. „Wenn jedes Boot nur zwölf Mann trägt, dann muß der Condottiere in einer halben Stunde mit über siebzig zusätzlichen Gegnern rechnen."

„Und ich wette, daß sie ihm im Nacken sitzen, ehe er auch nur eine Ahnung von ihrer Existenz hat", setzte Denghizik hinzu. „Freunde, jetzt läuft der Angriff! Könnte überhaupt nicht besser gehen!"

Tatsächlich manövrierten die ausgesetzten Boote der englischen Fregatte so geschickt, daß die blendenden Sonnenstrahlen und die Wellentäler sie fast vollständig den Blicken der Beobachter entzogen. Wenn man nicht wußte, daß sich dort draußen in der Wasserwüste mehr als siebzig Seesoldaten befanden, war es beinahe ein Ding der Unmöglichkeit, sie zufällig auszumachen. – Um die Piraten noch zusätzlich abzulenken, befahl Germain trotzdem, die begonnene Kanonade fortzusetzen. Wieder wölkte der Pulverqualm über dem Bug der *Flamingo,* antwortete der Korsar hitzig und wütend. Eine Viertelstunde verstrich, zwanzig Minuten. Sich einander mit ihren Geschützen in Schach haltend, zogen die beiden Schiffe ihre Bahn.

Und dann wurde es plötzlich an Backbord lebendig. Den englischen Seesoldaten war es gelungen, bis auf etwa eine Achtelmeile unbemerkt an die *Terror* heranzukommen. Jetzt hatte ihr Versteckspiel keinen Sinn mehr, und sie gaben es deswegen auf. Aber an jedem der langen Riemen der Barkassen saßen jetzt vier, fünf Ruderer – so daß die angreifenden Boote wie abgeschnellte Pfeile auf den Korsaren zuschossen. Es war der Moment, in dem sich alles entschied!

„Jean, Annabelle, Rory, Denghizik – in die Schaluppe!" brüllte Germain. „Wir entern ebenfalls, greifen aber von der anderen Seite an. Das muß den Condottiere noch weiter verwirren. – Fagnet, seht zu, daß noch ein oder zwei weitere Boote zu Wasser kommen. Wenn wir uns an Bord der *Terror* festgekrallt haben, segelt die *Flamingo* ganz heran und läßt den Rest der Mannschaft über die Rahen entern!"

Schon klatschte der breite Bug der Schaluppe aufs Wasser. Germain sprang mit einem wagemutigen Satz als erster direkt vom Schanzkleid in das Boot. Seine Gefährten folgten ihm mit blanken Waffen auf dem Fuß. Während die englischen Barkassen sich zu einem Halbkreis auseinanderzogen und fächerförmig gegen die Backbordseite des Korsaren vorgingen, steuerte die Schaluppe zur anderen Schiffsflanke des Gegners. Und schon folgten den kühnen Gefährten der *Blauen Rose* zwei weitere Boote, welche Fagnet hatte zu Wasser bringen lassen.

Die Piraten schienen sich tatsächlich in heilloser Verwirrung zu befinden. Der größte Teil von ihnen rannte kopflos zwischen Steuer- und Backbordreling hin und her, feuerte ziellose Musketenschüsse auf die angreifenden Boote ab, schien sich am liebsten ergeben zu wollen.

Noch zehn Bootslängen trennten Germain und seine Freunde von der *Terror*. Auf der anderen Seite waren die Engländer fast ebenso nahe herangekommen. Da war plötzlich der Condottiere, der bis jetzt mit blankem Säbel auf dem Achterkastell seiner Fregatte gestanden hatte, verschwunden. Germain meinte tatsächlich, das höhnische Lachen seines Todfeindes gehört zu haben. Wie ein Wahnsinniger stemmte er sich gegen sein Ruder. Denn er ahnte tief drinnen in seinem Herzen, was der Condottiere vorhatte ...

Wir müssen das Schiff nehmen, ehe er seine Bedingungen stellen kann, schoß es dem Anführer der *Blauen Rose* durch den Kopf. Er brüllte seine Gefährten an. Die schwere Schaluppe jagte über die See wie eine Rennjolle.

Dann stieß ihr Bug dumpf gegen den Rumpf der *Terror*. Ein Schuß krachte, fetzte einen langen Splitter aus dem Dollbord, nur wenige Zoll neben Germains Schenkel. Gleichzeitig ging aber auch Jeans Pistole los; mit einem gurgelnden Schrei brach an Deck der *Terror* ein Pirat zusammen.

„Auf sie!" kommandierte Germain. Den blanken Degen in der Rechten, setzte er seinen Fuß auf den stampfenden Bug der Schaluppe; ein kühner Sprung brachte ihn hinüber an die Bordwand der Fregatte. Gleich darauf hatte er mit der freien Linken ein herabhängendes Tau ergriffen und schwang sich nun mit unglaublicher Kraftanstrengung auf das Deck des Korsaren, wo er sich sofort zwei oder drei Gegnern stellen mußte. Es sah so aus, als hätten die Piraten in genau dem Augenblick ihren Kampfesmut zurückgewonnen, in welchem der erste ihrer Feinde – Germain – den Fuß auf die Planken ihres Seglers setzte. Jetzt warf sich ein ganzes Rudel brüllend auf den Anführer der *Blauen Rose*. Ihre Säbelklingen blitzten im rötlichen Licht der sinkenden Sonne; Germain mußte sich wie ein Kreisel drehen, um die Hiebe abzuwehren, die von allen Seiten hageldicht auf ihn niederprasselten. Und sein Schicksal wäre mit Sicherheit besiegelt gewesen, hätten seine Gefährten ihn im Stich gelassen. Dem war natürlich nicht so.

Jean warf die abgeschossene Pistole weg und folgte Germain hart auf den Fersen. Er griff mit blankem Degen in das Gefecht ein, als sich gerade ein vierter Pirat gegen seinen Freund und Anführer wandte. Dann erschien auch Annabelles Kopf über der Reling, hart neben ihr tauchte die zottige, rotblonde Mähne Rorys auf. Nur Denghizik blieb notgedrungen in der Schaluppe; er sparte jedoch weder mit gutgezielten Pistolenschüssen noch mit kräftigen Verwünschungen gegen die Korsaren.

Die vier Gefährten der *Blauen Rose* schienen das Deck der *Terror* für sich zu gewinnen. Schon krümmte sich ein weiterer Pirat, den Germain getroffen hatte, verwundet am Fuß des Fockmasts, rannte ein zweiter, von Jean blitzschnell entwaffnet, Richtung Hauptmast davon. Schon warfen sich Rory und Annabelle gemeinsam gegen einen riesigen Kerl mit nackter, tätowierter Brust – stürzte Germain vorwärts, um sich seinen Weg quer durch eine andere Korsarengruppe zu hauen, und den Seesoldaten des Engländers zu Hilfe zu kommen, welche sich nun an Backbord ebenfalls zum Entern fertigmachten. Das Piratenschiff schien genommen – es konnte nur noch eine Frage von Minuten sein. Da jedoch trat ein Ereignis ein, mit dem keiner der kühnen Angreifer hatte rechnen können. Es war der Condottiere, der schwarze Pirat, welcher sich noch keineswegs geschlagen geben wollte. Mit verzerrtem Gesicht und vor Wut blitzenden Augen erschien er plötzlich auf dem Achterkastell – und er war nicht allein . . .

Entsetzte Schreie erklangen von der Stelle her, wo die Reiter der *Blauen Rose* fochten. Germain, der seinen Degen gerade zum Stoß gezückt hatte, ließ die Waffe erschrocken sinken. Seltsamerweise nützte das aber sein Gegner nicht aus. Wie Germain starrte er zum Achterkastell hinüber. Die Stimme des Condottiere dröhnte über das ganze Schiff: „Halt, Germain! Noch einen Schritt weiter, noch ein einziger Degenstreich – und Eure Mutter stirbt!“

Dieser einzige Satz genügte. Weder Germain wagte es, weiterzukämpfen, noch seine sonst so unerschrockenen Freunde. Und auch die englischen Seesoldaten schienen die Drohung des Korsarenkapitäns begriffen zu haben, schienen zu ahnen, wer die Frau war, welche der Pirat auf dem Achterkastell wie einen Schild vor sich hielt und mit dem blanken Dolch bedrohte. Auch sie gaben ihren Angriff auf. Lösten sich von der teilweise bereits erstürmten Reling, sprangen zurück in die See oder in ihre Boote.

Die Komteß von Walden schien vor Angst wie gelähmt; einer leblosen Gliederpuppe ähnlich hing sie in der Armbeuge des Condottiere. Die lange Gefangenschaft und der Dolch, der über ihrer Kehle schwebte, mußten ihr das letzte bißchen Kraft geraubt haben. Sie würde sich unmöglich aus eigener Kraft aus der Gewalt ihres Peinigers befreien können, und das wußte der Condottiere genau. Ein höhnisches Lachen erklang, dann stellte der Pirat die nächste Forderung. Sie war an Germain gerichtet: „Werft Eure Waffen weg, Germain! Und ratet das auch Euren Freunden. Gehorcht Ihr nicht – so ist Eure Mutter verloren. Nun, wird's bald?!"

Germain knirschte vor ohnmächtiger Wut mit den Zähnen. Die Spitze seines Degens stieß dumpf gegen die Decksplanken. Schon wollte sich der Anführer der *Blauen Rose* tatsächlich auf Gnade und Ungnade dem Condottiere ausliefern, als ein neuer Gedanke durch seinen Kopf schoß: Wenn wir uns ergeben, wird der Condottiere uns deswegen nicht schonen. Er wird uns töten, sobald wir waffenlos sind – und dann wird auch meine Mutter sterben. Nein – ich darf mich dem Schurken nicht fügen.

„Zurück zur *Flamingo.* Schnell!" rief er seinen Freunden zu. Und kaum hatte er ausgesprochen, als er auch schon mit einem mächtigen Satz über die Reling setzte – und direkt in der Schaluppe neben Denghizik landete. Annabelle folgte seinem Beispiel.

Pistolenschüsse krachten vom Deck der *Terror.*

Germain rappelte sich hoch – und konnte gerade noch Jean auffangen, der ebenfalls gesprungen war. Dann kam auch Rory. Denghizik warf sich gegen ein Ruder und brachte so die Schaluppe von der Bordwand der *Terror* frei. Germain nahm den zweiten Riemen. Rory und Jean griffen ein paar Sekunden später ebenfalls zu, während Annabelle das Steuer übernahm. Die Schaluppe strebte von der *Terror* weg. Immer noch schlugen vereinzelte Kugeln um die Flüchtigen herum ein. Sie erwarteten jeden Augenblick, von einem Kanonenschuß getroffen und in den Grund gebohrt zu werden, doch es wurde zu ihrem Glück keiner der Zwanzigpfünder gelöst. Offensichtlich waren vorhin auch die Geschützmannschaften an Deck geeilt, um am Kampf teilzunehmen. So konnte die Schaluppe aus der Reichweite der *Terror* entkommen und zusammen mit den anderen ausgesetzten Booten, die natürlich den Angriff ebenfalls abgebrochen hatten, Kurs auf die *Flamingo* nehmen.

Auch die Boote des Engländers strebten wieder auf ihr Mutterschiff zu. Sie allerdings hatten weniger Glück. Es war nur ein einzelner Kanonenschuß, der auf ihrer Seite fiel, doch er traf eine der Barkassen mittschiffs und versenkte sie auf der Stelle. Die Seeleute konnten sich gerade noch in eines der anderen Boote reten. Germains Schaluppe stieß an den Bug der Flamingo. Seile klatschten auf die Planken, und während der Schoner bereits Segel setzte, um sich aus der Gefahrenzone zurückzuziehen, wurden die ausgesetzten Boote an Deck gehievt.

Als Germain heraussprang, den blanken Degen immer noch in der Faust, galt sein erster Gedanke der Komteß von Walden auf der *Terror*. Ich habe mich dem Befehl des Condottiere widersetzt und bin geflohen, statt mich zu ergeben, hämmerte es in seinem Gehirn. Hat er nun sein Wort wahrgemacht? Hat er meine Mutter getötet?

Ja, die Komteß von Walden lebte noch, aber der Dolch des Condottiere preßte sich gegen ihren weißen Hals – Germain sah es trotz der Entfernung überdeutlich. Und nun gab der Condottiere seinem Steuermann einen Wink. Der vierschrötige Kerl packte brutal die zarte Frau am Oberarm und drückte sie am Stern der Fregatte hart gegen die Reling, die sich dort zum erhöhten Achtersteven hochschwang. Weitere Piraten kamen ihm zu Hilfe, dann wurden starke Taue um den Körper der Komteß gewunden. Mit brutaler Gewalt fesselten die Verbrecher sie an den Achtersteven.

Die Männer an Deck der *Flamingo* und des Engländers mußten das tatenlos mit ansehen. Und sie mußten sich wenig später auch anhören, was der Condottiere ihnen weiter zu sagen hatte: „Wir werden jetzt unseren Kurs fortsetzen und unsere Ladung an Land bringen. Wenn Ihr uns verfolgen und beschießen wollt, so denkt immer daran, daß Euer erster Schuß notgedrungen die Komteß von Walden treffen müßte. Ha, noch niemals verfügte ein Freibeuter über eine trefflichere Galionsfigur. – Nun, so schießt doch, Germain! Was, Ihr wagt es nicht? Gut, dann wollen wir uns verabschieden. Lebt wohl – einstweilen, bis wir uns zum letzten Kampf treffen, den ich für mich entscheiden werde, weil Ihr es nicht wagen werdet, auf mich und meine adlige Galionsfigur zu feuern ..."

Bei diesen Worten gab der Condottiere ein Zeichen; die Segel der *Terror* füllten sich, und die Korsarenfregatte setzte ihren Weg zur levantinischen Küste fort.

Die beiden anderen Schiffe blieben zunächst bewegungslos liegen. Auf beiden herrschte minutenlang tiefes, ratloses Schweigen. Dann raffte sich Germain wieder auf. „Manövriert den Schoner näher an den Briten heran", bat er Kapitän Fagnet. „Ich muß mich mit dem Engländer besprechen. Ich kann und darf mich nicht geschlagen geben, denn es geht um das Leben meiner Mutter, um das Vertrauen meines Kaisers und um meine eigene Ehre. Nein, ich kann den Schurken nicht ungeschoren segeln lassen!"

Fagnet wiegte unbehaglich den Kopf. Germains Freunde jedoch verstanden ihn, und Annabelle faßte dieses Verstehen in Worte: „Wir werden nicht aufgeben, auch wenn der Condottiere im Augenblick alle Trümpfe in der Hand zu halten scheint. Wir werden an deiner Seite stehen, was immer auch geschehen mag."

Dankbar nickte Germain. Fagnet wies seine Matrosen ein. Die *Flamingo* drehte ab und schob sich langsam an die englische Fregatte heran. Über die Backbordreling gelehnt, bat Germain darum, den Kapitän zu sprechen. Es stellte sich heraus, daß der britische Offizier ganz der Meinung des Anführers der *Blauen Rose* war. Auch er wollte den Korsaren nicht ungeschoren davonkommen lassen. „Ich schlage vor, Sir, wir folgen der *Terror* und versuchen im Schutz der Dunkelheit unser Glück erneut", rief er Germain zu. „Lassen wir dem Condottiere seine Unverfrorenheit so einfach durchgehen, dann wird er noch viel gefährlicher werden. Wir wollen daher zu Gott beten, auf unsere guten Waffen vertrauen – und noch einmal angreifen", schloß er.

Bei diesen Worten wurde Germain ein wenig leichter ums Herz. Er bedankte sich bei dem britischen Seeoffizier, dann folgten die beiden verbündeten Schiffe in etwa einer Meile Abstand der *Terror* in deren Kielwasser. Sie alle hofften jetzt auf die Nacht, auf einen glücklichen Handstreich, der im Schutz der Dunkelheit das Blatt vielleicht doch noch wenden würde.

Es trat jedoch ein Ereignis ein, mit dem keiner zu diesem Zeitpunkt rechnen konnte.

Halbmond und Kreuz

Die *Flamingo* verfolgte schon seit mehreren Stunden das Piratenschiff in östlicher Richtung und steuerte auf Tripolis zu. In dieser Stadt herrschte unumschränkt der Pascha von Konstantinopel, dem die Reiter der *Blauen Rose* erst vor wenigen Monaten eine empfindliche Schlappe beigebracht hatten, als sie im östlichen Ungarn eines seiner Heere unter Führung des Condottiere geschlagen hatten.

Germain war klar, daß der Condottiere sie ganz bewußt in diese gefährlichen Gewässer locken wollte, wo er sich dann mit um so besseren Aussichten einem Entscheidungskampf stellen konnte – möglicherweise unterstützt von türkischen Kriegsschiffen. Wie nahe die Hilfe für den Korsaren jedoch schon war, erkannten die Verfolger erst, als es bereits zu spät war!

Zwei türkische Brigantinen jagten ungefähr eine halbe Stunde vor Sonnenuntergang hinter dem weit vorgelagerten Südkap der Insel Zypern hervor. Die schmalen, hochbordigen Segler wirkten wie Windhunde, die sich wütend auf ihr Opfer stürzen. Dieser Eindruck wurde noch verstärkt durch die doppelte Reihe von Ruderpaaren, welche aus dem Rumpf der Schiffe stachen und das Wasser zu kochendem Schaum peitschten.

Nur kurz verhielten die Brigantinen mit dem Halbmond an der Mastspitze, als sie die drei europäisch getakelten Schiffe erkannten. Germain und seine Freunde konnten beobachten, wie der Condottiere sofort Flaggensignale geben ließ, welche die Türken davon in Kenntnis setzten, daß sich Verbündete des Paschas von Konstantinopel auf der *Terror* befanden, und daß es sich bei der *Flamingo* und der englischen Fregatte um Feinde handelte. Die Besatzungen der Brigantinen begriffen sofort. Die Flaggensignale der *Terror* wurden in Sekundenschnelle bestätigt, dann drehten die türkischen Schiffe zum Angriff auf die *Flamingo* ab.

Damit hatte sich das Blatt für Germain und seine Kampfgefährten gründlich zu ihrem Nachteil gewendet. Eben noch in der Verfolgung des Korsaren begriffen, wenn auch nicht in der Lage, ihn direkt anzugreifen, sah sich Germain jetzt einer gefährlichen Übermacht gegenüber. Sein eigener Schoner und die englische Fregatte standen etwa gleich kampfstark den beiden schnellen und wendigen Brigantinen gegenüber. Hinzu kam aber auch noch die Fregatte des Piraten, welcher sich kaum friedlich im Abseits halten würde, wenn es zum Kampf kommen sollte. Und daran wiederum konnte es jetzt überhaupt keinen Zweifel mehr geben.

Hart am Wind, von der doppelten Reihe der Ruderer unterstützt, stürzten sich die beiden Brigantinen zunächst auf die ihnen am nächsten segelnde britische Fregatte. Sie schienen sich zu sagen, daß sie mit dem Schoner leichtes Spiel haben würden, wenn erst einmal das Kriegsschiff außer Gefecht gesetzt war. Und so begannen sie, vom Heck und der Backbordseite der Fregatte her angreifend, eine wilde Beschießung mit ihren Bordkanonen.

Germain und seine Gefährten mußten zunächst vollkommen hilflos zusehen, denn die Entfernung war zu bedeutend, als daß sie sofort in das Gefecht hätten eingreifen können. Jedoch hatte der Anführer der *Blauen Rose* keineswegs vor, feige das Weite zu suchen, während der Engländer den wütenden Ansturm der Osmanen auszuhalten hatte. „Fagnet, bringt die *Flamingo* so hart an den Wind, wie das möglich ist!" rief er dem Hugenottenkapitän zu. „Wir müssen am Heck des Engländers vorbeisegeln und dann die Brigantine angreifen, die sich dort festgelegt hat. Mit der anderen kann der Brite dank seiner

Backbordbreitseiten allein fertigwerden. Aber der Halunke, der ihn am Stern eindeckt, kann ihm den Garaus machen!"

„So Gott will, werden wir das zu verhindern wissen", gab der Kapitän der *Flamingo* zur Antwort und warf höchstpersönlich das Ruder herum. Auch Kapitän Fowling und seine Leute taten das Ihrige; sie griffen kräftig in die Taljen und Leinen, so daß die *Flamingo* innerhalb kürzester Zeit ihren Kurs geändert hatte und nun in voller Fahrt ihren Angriff auf die zweite türkische Brigantine aufnahm. Freilich hatten die Gegner während dieses Segelmanövers nicht geschlafen. Dicke Pulverdampfwolken hingen über den beiden Brigantinen; um die britische Fregatte herum schien das Wasser zu kochen, so dicht und schnell schlugen die Kanonenkugeln um sie herum ein. Schon flappte das Marssegel der Fregatte zerschossen im Wind, zeigten Achterkastell und Backbordschanzkleid böse Beschädigungen. Und jetzt kam drüben auch noch krachend die schwere Marsstange herunter, bohrte sich splitternd tief in das obere Kanonendeck des Engländers.

„Schneller! Schneller!" rief Annabelle, als könnte sie durch ihren bloßen Willen die ohnehin schon hohe Geschwindigkeit des Schoners noch weiter erhöhen. Ebenso wie sie erlebte jetzt auch die gesamte Besatzung der *Flamingo* bange Minuten. Konnten sie noch so rechtzeitig eingreifen, daß der Engländer gerettet wurde? Oder würden sie zu spät kommen, den Briten bereits sinkend vorfinden – und dann selbst dem Angriff von drei Gegnern gleichzeitig ausgesetzt sein? Wie auch immer, sie spielten mit ihrem Leben, und sie wußten es alle Mann hoch.

Wieder krachten drüben zwei schwere Geschützsalven. Und wieder wurde die britische Fregatte schlimm getroffen. Ein Teil des oberen Achterkastells wurde buchstäblich weggerissen, mehrere menschliche Körper wirbelten durch die Luft und schlugen dann spielerisch wie Gliederpuppen ins Meer. Gleichzeitig brüllte aber Denghizik: „Wir sind auf äußerste Schußweite heran! Ich gebe Feuer!"

Wie ein Rachegott nahm sich der untersetzte Mongole in seinem pechschwarzen Lederkoller hinter dem schweren Buggeschütz der *Flamingo* aus, als er nun die Stange mit dem glühenden Wergfetzen an der Spitze gegen das Zündloch der Falkonette drückte. Das Geschütz bäumte sich auf, pfeifend verließ die schwere Kugel den Lauf. Jean und Rory standen neben Denghizik, noch ehe das Geschoß sein Ziel fand. Jean raffte eine neue Kugel von dem Haufen an Deck. Fast gleichzeitig schien die von Denghizik aufs Ziel genommene türkische Brigantine wie von einer riesigen Faust getroffen zu erbeben. Holzsplitter und Leinwand knirschten und flatterten; Denghizik hatte mit einem Meisterschuß den Bug der Brigantine getroffen, eine Kanonenluke zerschmettert und gleichzeitig auch noch das Vorsegel zerstört.

„Weiter so!" rief Germain. „Feuert auch mit den anderen Geschützen, die ihr auf den Gegner ausrichten könnt!" Die Matrosen der *Flamingo* beeilten sich, diesem Befehl nachzukommen. Überall glühten die Lunten auf, wurden Kugeln in die Kanonenrohre gestoßen. Und neben den Gefährten der *Blauen Rose* taten sich wieder Fowling und seine vier Leute besonders hervor.

Die Brigantine sah sich jetzt gefährlich eingedeckt, wenn auch während der nächsten paar Minuten kein weiterer Volltreffer zu verzeichnen war. Aber durch das mutige Eingreifen der *Flamingo* schien sich nun die Lage zu ändern. Der Engländer faßte neuen Mut, und da ihm einstweilen vom Heck her keine akute Gefahr mehr drohte, konnte er sein Feuer auf die zweite Brigantine lenken, die nach wie vor an seiner Backbordseite lag. Mehrere gutgezielte Breitseiten trieben auch diesen Segler ein Stück zurück zur Küste Zyperns. Die *Flamingo* ihrerseits hatte weiteren Boden gutgemacht, und ihre Kanoniere brauchten nicht mehr im unsicheren Bogenschuß zu zielen, sie konnten jetzt den Feind unter direktes Feuer nehmen. Denghizik, der nach wie vor die Falkonette am Bug bediente, wobei Jean und Rory ihn schwitzend unterstützten, fegte mit einem weiteren glücklichen Schuß das Deckshäuschen der Brigantine über Bord. Er mußte dabei auch einen oder mehrere Offiziere getroffen haben, denn auf dem Doppelruderer machte sich daraufhin gehörige Verwirrung breit. Die Brigantine lief aus dem Kurs und schor quer zur Fahrtrichtung des Engländers weg, so daß sie ihm jetzt mit ihren Breitseiten nicht mehr gefährlich werden konnte.

„Das ist unser Sieg!" rief Kapitän Fagnet von der Brücke herunter. „Ich lege die *Flamingo* jetzt neben die Brigantine. Dann können wir sie mit einer einzigen Steuerbordbreitseite versenken ..."

Tatsächlich sah es so aus, als könnte das so ungünstig begonnene Gefecht nur noch Minuten dauern, um dann mit einem Sieg der *Flamingo* und des Briten zu enden. Doch hatten im Kampfeseifer sowohl Fagnet als auch die Gefährten der *Blauen Rose* den Condottiere vergessen.

Es war Fowling, der als erster entdeckte, daß der Korsar seine bis jetzt eingehaltene Neutralität aufgab und nun wütend in das Seegefecht eingriff. Damit standen nun drei Schiffe unter der Halbmondflagge.

Die *Terror* mit ihren vierundzwanzig Kanonen auf zwei Decks mußte unbedingt den Ausschlag geben. – Das rief Fowling seinen Kampfgenossen zu. Die Köpfe der ganzen Besatzung fuhren herum. Lähmendes Entsetzen breitete sich aus. Und besonders Germain hätte bedenkenlos seinen geliebten Degen verschenkt, wenn ihm nur ein Ausweg aus der neuen mißlichen Situation eingefallen wäre. Möglicherweise hätte sich ja die *Flamingo* mit einigem Glück auch noch gegen den Korsaren zur Wehr setzen können, wenn ... ja, wenn dieser eben nicht Germains Mutter, an das Deck gefesselt, mit sich geführt hätte.

So aber konnte der Anführer der *Blauen Rose* unmöglich den Befehl geben, auf die mit vollen Segeln angreifende *Terror* zu feuern.

Germain nagte sich die Unterlippe blutig – und merkte es gar nicht. Denghizik setzte mit verzerrtem Gesicht und verzweifelten Gedanken seine Kanonade auf die Brigantine fort. Dann begann auch der Korsar zu feuern. Noch spritzten seine Kugeln wirkungslos achteraus der *Flamingo* in die aufgewühlte See. Aber es konnte nur noch eine oder zwei Minuten dauern, dann würden sie auf dem Schoner ihre Ziele treffen – und es gab keine Möglichkeit für dessen Mannschaft, sich zu verteidigen.

„Germain! Laß uns ein Boot und ein paar Leute nehmen – und die *Terror* entern", rief Annabelle in ihrer Verwirrung.

„Unmöglich, das würde keiner überleben", antwortete Germain. „Mein Gott, was können wir nur tun?!" Ein Geschoß von der *Terror* schlug bereits hart hinter dem Steven des Schoners ein. Fowling riß wütend eine seiner Pistolen aus dem Gürtel und feuerte die winzige Kugel gegen den Korsaren ab. Es war natürlich sinnlos, aber der Kapitän hatte sich einfach Luft machen müssen.

Und dann hatte Germain plötzlich die rettende Idee. Sein verzweifelt suchender Blick war auf die Brigantine gefallen, die sie vorher so glücklich angegriffen hatten. Sie trieb noch immer schwerfällig und erwiderte kaum das Feuer, das Denghizik immer noch auf sie unterhielt. Und hinter der Brigantine lag die freie See . . .

„Fagnet!" brüllte Germain aus vollem Hals, „Fagnet – steuert den Schoner so, daß die angeschossene Brigantine zwischen uns und den Korsaren kommt. Der Condottiere wird nicht auf seine eigenen Verbündeten feuern. Los, setzt alle Segel und geht so hart an den Wind wie Ihr könnt!"

„Vielleicht . . . Rettung", klang es von der Brücke. Die übrigen Worte Fagnets riß der aufkommende starke Abendwind mit sich. Aber der Schoner beschrieb gleich darauf einen eleganten Bogen und segelte mit voller Kraft in den Feuerschutz der Brigantine. Mit gutgezielten Schüssen hielten Denghizik und seine Geschützmannschaft den Widerstand des Schiffes unter der Halbmondflagge nieder, wirkungslos schlugen noch ein paar Kartätschen der *Terror* ins Meer, dann schien die *Flamingo* vorerst in Sicherheit. Wieder schien sich das Kampfglück gewendet zu haben. Der Korsar mußte sein Feuer einstellen. Der Engländer hielt sich weiterhin zufriedenstellend gegen die zweite Brigantine – die *Flamingo* jedoch war ebenso wie die Fregatte des Condottiere sozusagen schachmatt gesetzt. Einige Minuten verstrichen. Und dann bewies der Condottiere wieder einmal, welch ein gefährlicher Feind er sein konnte.

„Er gibt sich nicht damit zufrieden, wie eine Bleitaube vor der Brigantine liegenzubleiben", rief Fagnet. „Bei Gott, nein! Der Halunke will uns seinerseits umsegeln."

Tatsächlich halste im gleichen Augenblick die *Terror,* legte sich auf den anderen Bug und kreuzte den Kurs der Brigantine auf der Backbordseite. Dadurch gelangte der Korsar nun schräg vor den Bug der *Flamingo,* welche in dieser Position nur zwei oder drei Kanonen gegen den Piraten einsetzen konnte, während dieser mit seiner ganzen Steuerbordbreitseite zu antworten vermochte.

„Beidrehen!" rief Denghizik. „Wir müssen ebenfalls unsere Breitseite ins Spiel bringen, wenn wir nicht im Handumdrehen versenkt werden wollen."

„Wir dürfen uns nicht wehren ... meine Mutter!" erklang Germains bittende Stimme.

„Wenn wir von der Brigantine lassen, geraten wir zwischen zwei Feuer!" Es war Fagnet, der diese traurige Wahrheit äußerte. „Ich will versuchen, noch einmal hinter dem Doppelruderer Schutz zu suchen."

Leider war dieses Unterfangen vollkommen aussichtslos. Der

Wind stand jetzt so ungünstig, daß die *Flamingo* nur dann das von Fagnet vorgeschlagene Manöver hätte ausführen können, wenn sie auf der Steuerbordseite einen Großteil ihrer Segel gerefft und auf der Backbordseite neue aufgezogen hätte. Das jedoch mußte mindestens eine halbe Stunde in Anspruch nehmen, und in dieser Zeit konnte die *Terror* den kleinen Schoner, noch dazu unterstützt von der türkischen Brigantine, dreimal versenken.

Schon eröffnete der Korsar wieder das Feuer.

„Verdammt!" fluchte Fowling. Denn der erste Schuß hatte gefährlich nahe am Steuerruder der *Flamingo* gelegen, hätte den Schoner um ein Haar manövrierunfähig gemacht.

„Wir müssen fliehen!" rief einer der Matrosen.

Ein drohender Blick Fagnets brachte ihn zum Schweigen. Aber ebenso wie die Freunde der *Blauen Rose* wußte auch der Kapitän nicht mehr, wie sie dem drohenden Verhängnis noch entrinnen sollten. Das Schicksal der *Flamingo* schien besiegelt, und auch der Engländer würde sich dann gegen die dreifache Übermacht nicht mehr lange halten können. Die alte Auseinandersetzung im östlichen Mittelmeer, der blutige Kampf zwischen Halbmond und Kreuz, zwischen Mohammedanern und Christen, der bereits seit siebenhundert Jahren tobte, schien sich heute zugunsten des Halbmondes zu entscheiden. Die Flagge des Propheten würde triumphieren, zwei Schiffe mit dem Kreuz am Toppmast würden auf Grund gehen. – Das dachte Germain, während die Kugeln des Korsaren wie wild um den Schoner herum einschlugen, während ein Splitter nach einem Treffer auf die Reling hart an seinem Kopf vorbeisirrte, während nun auch die Brigantine mit neu erwachtem Kampfesmut ihre Geschütze wieder einsetzte. Er dachte an seine Mutter und daran, daß er sie trotz aller Anstrengungen nicht aus den Klauen des Condottiere hatte befreien können, und daß sie nun, nach seinem eigenen drohenden Tod, wohl ein jammervolles Schicksal in irgendeinem türkischen Harem würde erleiden müssen, als Sklavin verkauft von seinem Todfeind, dem Condottiere, dem er noch vor wenigen Monaten großmütig das Leben geschenkt hatte, was er jetzt bitter bereute.

Germain dachte auch an Annabelle, die er liebte, und die jetzt wohl mit ihm untergehen würde. Er dachte an Jean, Rory und Denghizik, seine treuen Freunde, welche dasselbe bittere Los mit ihm würden teilen müssen. Dann dachte er an die noch geladene Pistole in seinem Gürtel und daß es wohl besser sei, sie zu ziehen und gleich jetzt Schluß zu machen. Doch gleichzeitig schämte er sich wegen dieses Gedankens; er zog seinen berühmten Degen, auch wenn es an Bord jetzt noch keinen Feind gab und schwang ihn wütend gegen den Korsaren.

Plötzlich aber blieb die lange, schlanke Klinge bewegungslos in der pulvergeschwängerten Luft hängen. Germain, der in seinem abenteuerlichen Leben schon so viele Überraschungen hatte schlucken müssen, war für einen Augenblick tatsächlich wie erstarrt. Und das war bei Gott kein Wunder. Denn vor dem Südkap von Zypern zeichneten sich erneut die Segel zweier unbekannter Schiffe ab.

Es dauerte nur Sekunden, dann hatte auch die übrige Mannschaft der *Flamingo* die wie der Blitz heranschießenden Schiffe erblickt. Auch auf der *Terror,* den Brigantinen und der englischen Fregatte wurde man auf die so überraschend auftauchenden Segler aufmerksam. Das Kanonenfeuer wurde dünner, hörte nach wenigen Minuten auf allen am Kampf beteiligten Schiffen ganz auf. Eine halb bedrückende, halb erwartungsvolle Stille senkte sich über das Meer. Noch hatte keiner der Kontrahenten feststellen können, welcher Nation die beiden heranrauschenden Dreimaster angehörten.

Annabelle drückte die Gedanken aller aus, als sie meinte: „Jetzt wird sich unser Schicksal entscheiden – so oder so. Entweder die unbekannten Schiffe führen den Halbmond am Mast, dann können wir nur noch anständig sterben. Oder aber sie gehören einer christlichen Flotte an – dann ist der Sieg unser."

„Gebe Gott, daß sie das Kreuz am Toppmast tragen", murmelte Jean. „Denn wenn es tatsächlich Mohammedaner sind, werden wir entweder versenkt und ersaufen kläglich, oder wir beenden unsere Tage als Sklaven auf den Galeerenbänken der Türken."

„Niemals!" knirschte Denghizik. „Lieber sterben!"

Germain wollte den Freund eben zurechtweisen, denn er glaubte daran, daß das jammervollste Leben immer noch besser sei als der Tod, als plötzlich Kapitän Fowling wie ein Verrückter auf die Gruppe der *Blauen Rose* zugerannt kam. „Gott schützt den König – und uns auch!" rief er ganz atemlos. „Wir sind gerettet, Freunde. Denn die beiden Dreimaster, die dort so stolz heransegeln, gehören der britischen Handelskompanie an, so wahr mein eigener Segler auf dem Grund der See ruht. Ich erkenne ganz genau die alte Hulk, die sich jetzt bereits an die eine Türkenbrigantine heranmacht. Es ist die *Invincible* aus Plymouth, und ich bin einst selbst als Steuermann auf ihr gefahren. Das Schiff führt achtzehn Kanonen an Bord, alles gediegene Vierundzwanzigpfünder, die sich schon öfters in indischen Gewässern bewährt haben, wenn ich mich recht entsinne. Im Verein mit der *Invincible* und ihrem Schwesterschiff, das ebenfalls der Kompanie gehört, werden wir die Feinde im Handumdrehen zum Teufel jagen. Ich schwör's, bei Mars- und Bramstagsegel!"

Die durch die Erregung bedingte Redeflut des wackeren Kapitäns war nur zu verständlich. Denn jetzt konnte die *Terror* ruhig den begonnenen Bogen, der sie in die Flanke der *Flamingo* führen sollte, vollenden. Das Manöver würde dem Korsaren nichts mehr nützen. Jetzt befanden sich die christlichen Schiffe eindeutig in der Übermacht.

Schon eröffnete die *Invincible* das Feuer auf die Brigantine, welche ihr Schwesterschiff von der britischen Kriegsmarine bedrohte. Die Fregatte unterstützte sie dabei kräftig, und Fagnet wollte nun auch nicht mehr zurückstehen. Da auch der zweite englische Handelskapitän dem Kriegsschiff Feuerschutz gab, ließ Fagnet das Geschützfeuer der *Flamingo* wieder auf die Brigantine konzentrieren, mit der es vorher schon den Schlagabtausch gegeben hatte. Der Korsar wiederum änderte seinen Kurs und machte Anstalten, das zweite Schiff der Handelskompanie anzugreifen. Doch hatte er noch eine gehörige Distanz zu segeln, ehe er in das Gefecht eingreifen konnte, so daß er von Germain und seinen Freunden vorerst nicht weiter beachtet wurde. Denn die *Flamingo* hatte genug mit ihrem eigenen Gegner zu tun.

„Der türkische Kapitän scheint alles auf eine Karte zu setzen. Er schießt, als ob ihn Mohammed persönlich anfeuern würde", rief Denghizik. „Aber ich werde ihm gleich ein paar Kanonenluken dermaßen vernageln, daß er sie in diesem Leben nicht wieder aufbekommt." – Ein kurzer Befehl des Mongolen, ein Aufbrüllen seiner Falkonette – und drüben auf der Brigantine zersplitterte tatsächlich eine der Geschützluken mittschiffs. „Wohl bekomm's", triumphierte Denghizik. „Nur weiter so, Leute. Auf einem Bein steht man schlecht, und der Türke hat noch weitere Luken. Feuer frei!" Wieder wurde die Falkonette gerichtet, und der Schuß saß so glücklich, daß erneut eine der Luken splitterte und eine weitere Kanone drüben zerschmettert im Schiffsbauch landete. „Und jetzt haltet auf das Steuerruder!" befahl Denghizik, beflügelt von der Aussicht auf sichere Rettung und den beiden glücklichen Schüssen. „Gebt ihm den Rest! Der Sieg ist unser!"

Dazu kam es nun aber nicht mehr, denn die Brigantine drehte plötzlich ab, stellte das Feuer ein und suchte mit vollen Segeln die Weite der im Nordwesten noch freien See. Schon stand Fagnet im Begriff, den Befehl zu geben, dem flüchtigen

Schiff nachzusetzen, als ihn ein erschrockener Ausruf Germains verstummen ließ. Wild fuchtelte der Anführer der *Blauen Rose* mit dem Degen herum und deutete mit der freien Hand auf die *Terror.* „Der Condottiere macht sich die Verwirrung zunütze und flieht!" rief er dabei immer wieder. „Er darf uns nicht entkommen! Los, Fagnet, ihm nach!"

Das aber war leichter gesagt als getan. Denn wieder einmal bewies der italienische Korsar, daß er als Seemann seinen Mann zu stehen wußte. Die *Terror* hatte nämlich vorhin nur zum Schein den Angriff auf die beiden Schiffe der Handelskompanie begonnen, war dann jedoch – von den anderen unbemerkt – nach Osten abgefallen, hatte erneut gehalst und befand sich nun bereits südöstlich des Kampfgeschehens unter allen Segeln mit Kurs auf die nordafrikanische Küste. Während die englischen Schiffe unerschrocken angriffen und auch die *Flamingo* ihre Pflicht tat, hatte der Korsar seine bisherigen Verbündeten feige im Stich gelassen. Und er wäre auch glatt entkommen, hätte Germain in seiner Angst um die Mutter nicht zufällig in die Richtung der *Terror* geblickt. Noch einmal wiederholte der Anführer der *Blauen Rose:* „Setzt dem Korsaren mit allen Segeln nach, Fagnet. Er darf uns nicht wieder entwischen. Wir müssen ihn jetzt stellen, jetzt, wo die Mannschaft verstört und entmutigt ist!"

Fagnet und die Matrosen taten ihr Bestes, um die *Flamingo* so schnell wie möglich auf den neuen Kurs zu bringen. Der Schoner gab die Verfolgung der Brigantine auf und gewann dann im Kielwasser des etwa eine Meile voraus segelnden Korsaren die freie See. Die Sonne sank nun rasch, doch die phosphoreszierende Spur der *Terror* wies den Verfolgern trotzdem den Weg.

Im Hintergrund, langsam leiser werdend, war noch immer der Donner der Kanonen zu hören. Dann, die *Flamingo* stand inzwischen vier oder fünf Meilen ab, lohte plötzlich eine grelle Feuergarbe in den nächtlichen Himmel. „Wahrscheinlich eine der Brigantinen", murmelt Germain mit bleichem Gesicht, der zusammen mit seinen Gefährten ganz vorne am Bug der *Flamingo* stand. „Schrecklich, diese fortwährenden Kämpfe zwischen Halbmond und Kreuz, zwischen Christen und Mohammedanern, obwohl doch angeblich alle zum selben Gott beten. Nun – wir haben die Brigantinen nicht angegriffen, sie sind dem Korsaren zu Hilfe gekommen und erleiden nun ihr wohlverdientes Schicksal."

Germain wischte sich über die schweißnasse Stirn, als wolle er einen bösen Traum verscheuchen, dann rief er Fagnet zu: „Haltet Euch so dicht wie möglich an der *Terror,* Kapitän. Ich muß sie in meine Hand bekommen, und wenn wir sie bis nach Ägypten jagen müßten."

So hetzten die beiden Schiffe mit einer Meile Abstand hintereinander über das nächtliche Meer. Wohl kein Mann der beiden Besatzungen dachte heute an Schlaf. Die ganze Nacht verbrachte Germain am Bug der *Flamingo.* Am liebsten hätte er den Korsaren noch in der Dunkelheit geentert. Daß die gnadenlose Jagd tatsächlich bis zur ägyptischen Küste – und weiter – führen sollte, konnte er beim besten Willen nicht ahnen . . .

Im Land der Pharaonen

Vier Tage und Nächte waren seit der denkwürdigen Seeschlacht vor der zypriotischen Küste verstrichen. Die *Flamingo* und der von ihr hartnäckig verfolgte Korsar hatten nun die halbe Breite des östlichen Mittelmeerbeckens durchquert und steuerten eben mit vollen Segeln der Stadt Rosette entgegen, einem ägyptischen Hafen an einem der westlichen Arme des mächtigen Nildeltas. Schon erkannten die Seeleute beider Schiffe, wenn sie einen Blick über Bord warfen, die lehmig-gelben Fluten des Nil, die sich hier in breiten Schlieren ins Meer ergossen, um sich nur ganz allmählich mit dem Türkisblau des Salzwassers zu vermischen.

Gelegentlich durchschnitt der niedrige Kiel einer Feluke, eines ägyptischen Fischerbootes, die Küstengewässer, und im Süden konnte man mit scharfen Augen bereits die niedrige Landlinie des afrikanischen Kontinents erkennen, welche unter blauem Dunst manchmal zinnoberrot, dann wieder in kräftigem Gelb oder sattem Grün aufleuchtete. Es hätte ein schönes Bild für die Besatzungen der beiden Schiffe sein können, wenn andere Umstände sie nach Ägypten verschlagen hätten. So jedoch verbrachte man – wie während der vergangenen Tage auch – die Zeit damit, den Gegner zu belauern, hatte die Mannschaft der *Flamingo* nur eines im Sinn, nämlich den Korsaren bei der ersten Gelegenheit zu entern, die Piraten zu überwältigen und die bedauernswerte Komteß von Walden zu befreien. Die Seeräuber auf der *Terror* hingegen gaben sich alle Mühe, den Verfolgern unter der Führung der *Blauen Rose* zu entkommen – denn der Condottiere konnte es nicht wagen, sich dem Schoner zum Kampf zu stellen, wie er wohl gerne gewollt hätte.

Die Schäden, welche sein in Triest gestohlener Dreimaster bei dem letzten Seegefecht davongetragen hatte, hatten sich als schlimmer erwiesen, als zuerst angenommen. Die Fregatte zog kräftig Wasser durch ein Leck an Backbord, so daß ihre Mannschaft Tag und Nacht an den Pumpen arbeiten mußte. Da auch einige Rahen und Segel in Mitleidenschaft gezogen worden waren, kam die *Terror* zudem nur noch langsam vorwärts. Die *Flamingo,* nur unwesentlich beschädigt, hätte den Gegner schon ein dutzendmal einholen und angreifen können. Doch immer wenn Germain oder einer seiner Gefährten das Fernrohr an die Augen setzte, um den Korsaren grimmig zu mustern, erkannten sie die zarte Gestalt der Komteß am Achtersteven. Der Condottiere zwang sie immer noch, dort an den Balken gefesselt zu stehen, so daß er leidlich sicher sein konnte, daß der Anführer der *Blauen Rose* keinen Angriff befehlen würde. Es war jedoch den Matrosen auf beiden Schiffen klar, daß dieser Zustand nicht ewig dauern konnte. Und beide Mannschaften schienen auch zu ahnen, daß hier an der ägyptischen Küste eine Entscheidung fallen mußte.

„Wir führen immer noch mehr Kanonen als der Schoner und haben die Geisel an Bord. – Trotzdem werden wir den Nil hinaufsegeln.“ Der Condottiere machte unwillkürlich ein so pfiffiges Gesicht, daß sich der Steuermann neugierig erkundigte: „Ihr habt wohl Eure ganz bestimmten Pläne mit diesem alten Pharaonenstrom, Kapitän? Wollt Ihr sie mir nicht verraten?“

„Besondere Pläne?“ erwiderte der Condottiere. „Was faselt Ihr da?“ Nach einer Weile setzte er jedoch noch hinzu: „Nun ja, vielleicht habe ich wirklich so eine Idee. Aber es ist jetzt nicht an der Zeit, darüber zu sprechen, Steuermann. Geduldet Euch also und untersteht Euch, mir Löcher in den Bauch zu fragen. Bei Gelegenheit können wir uns aber möglicherweise weiter unterhalten.“

Damit mußte sich der Schiffsoffizier zufriedengeben; auf seinem Priem kauend ging er, um einen Blick auf den Kompaß zu werfen.

Zu gleicher Zeit besprachen sich auf der *Flamingo* auch Germain und seine Freunde. „Sieht ganz so aus, als wollte der Korsar im Nildelta verschwinden“, sagte Annabelle. „Ist das gut oder schlecht für uns, Germain?“

„Gut“, antwortete an dessen Stelle Jean. „Auf dem Strom gibt es doch viel mehr Möglichkeiten, den Halunken unversehens zu überrumpeln als auf der offenen See. – Hattest du etwa von

Anfang an vor, den Piraten hierherzutreiben, Germain?"

„Nun, eigentlich war es eine Idee des wackeren Fagnet", entgegnete der Anführer der *Blauen Rose.* „Da wir aber nicht wußten, ob sich der Condottiere wirklich zum Nildelta locken lassen würde, haben wir nicht darüber gesprochen. Wenn er jetzt aber tatsächlich den Strom hinaufsegelt, können wir uns nur freuen. Die Hitze wird den Kampfgeist seiner Leute zermürben; er muß außerdem jede Nacht am Ufer anlegen, um auf keine Untiefe zu rennen. Das könnte uns ein Dutzend Möglichkeiten zu einem überraschenden Unternehmen bieten."

„Gebe Gott, daß du mit deiner Vermutung recht behältst", meinte Rory, wobei er gedankenverloren am Lauf einer seiner Pistolen herumwienerte. „Mir wäre es recht, wenn wir endlich einmal an Bord der dreimal verfluchten *Terror* gelangten und dieser endlosen Verfolgungsjagd quer über das Mittelmeer ein Ende bereiten könnten."

Im Verlauf der nächsten Stunden wurde den Freunden an Bord der *Flamingo* immer klarer, daß sich der Condottiere tatsächlich auf den Nil zu flüchten schien. Am Nachmittag passierte die Piratenfregatte in etwa drei Meilen Entfernung den Hafen von Rosette und segelte von dort aus direkt in das Flußdelta hinein. Die *Flamingo* folgte mit etwa einer Meile Abstand. Noch war allerdings kaum etwas davon zu spüren, daß man jetzt nicht mehr auf der freien See fuhr, sondern in der Mündung eines Stromes. Denn das Delta erstreckte sich mit seinen zahlreichen Armen über eine schier riesige Entfernung. Erst nach Stunden wurden dann an Back- und Steuerbord die Nilufer sichtbar, doch wurde diese Uferlinie noch lange von mächtigen Flußarmen unterbrochen, die den Hauptstrom verließen und sich ihren eigenen Weg ins Mittelmeer bahnten.

Der Nil selbst bot einen außergewöhnlichen Anblick, der alles in den Schatten stellte, was die Gefährten bisher auf ihrer gefährlichen Reise gesehen hatten. Denn der gewaltige Strom wirkte trotz seiner unheimlichen Wassermassen wie ein Fremdkörper in dieser Landschaft. Nur dort, wo an den Ufern des Nil dessen Grundwasser die Oberfläche der Erde durchtränkte, gab es Leben, war das Land grün, wiegten sich Reis-, Hirse- und Getreidehalme in der sanften Brise. Nur wenige Meilen breit war dieser fruchtbare Ufersaum, und doch fanden hier zahllose Menschen Raum, die in niedrigen aus Lehm und Stroh errichteten Hütten hausten. Wenn man aber den Blick nur ein Stück weiter in das Landesinnere schweifen ließ, dann brach unvermittelt die trockene, unfruchtbare und lebensfeindliche Wüste hervor.

In der Abenddämmerung zog sich dann der Grüngürtel an den Nilufern allmählich näher an den Strom; im rötlichen Licht der untergehenden Sonne nahm die Landschaft ein ganz eigenes Gepräge an. Sie machte jetzt einen solch fremdartigen Eindruck, daß Kapitän Fowling, der schon früher auf diesen Gewässern gesegelt war, sich zu einem kleinen Ausflug in die Geschichte dieses Landes hinreißen ließ: „Einst zählte das Reich der ägyptischen Pharaonen zu den glücklichsten Ländern dieses Erdballs", berichtete der Engländer. „Durch die Schlammfluten, welche der Nil mehrmals jährlich anschwemmte, entstand eine schier unglaubliche Fruchtbarkeit."

Sinnend blickte der Engländer über den Strom und auf das Land, ehe er fortfuhr: „Ja, man konnte die Ägypter wohl einst als die Herren des Mittelmeers und des nördlichen Afrika bezeichnen, ehe ihr Reich unterging."

Die Gefährten schwiegen lange und blickten sinnend auf den mächtigen Strom, nachdem der Kapitän geendet hatte. Endlich nahm Germain das Wort: „Wir müssen jetzt aber wieder an den Condottiere denken. Es wird dunkel, und wenn unser Feind auch nachts weitersegelt, könnte er uns leicht entwischen."

„Er müßte dann auf jeden Fall Fackeln oder Laternen anstecken", gab Denghizik zu bedenken. „Sonst wäre für ihn die

Gefahr viel zu groß, irgendwo aufzulaufen."

„Ah, daran habe ich nicht gedacht!" sagte Germain. „Wir wollen aber trotzdem ein scharfes Auge auf die Fregatte haben, um rechtzeitig zu sehen, was der Condottiere vorhat."

Das geschah auch. In der nun schnell sinkenden Nacht steuerte Kapitän Fagnet den Schoner um etwa eine halbe Meile näher an den Korsaren heran, was nicht schwerfiel, da die *Flamingo* bedeutend schneller segeln konnte als die beschädigte Fregatte. Diese wiederum schien gar nicht daran zu denken, die Nacht über irgendwo vor Anker zu gehen. Der Condottiere ließ statt dessen – ganz wie Denghizik vorausgesagt hatte – mehrere Fackeln und Laternen an den Masten, sowie am Bug und am Heck anbringen und segelte weiter stromauf. Diese Lichter ihrerseits ermöglichten es Kapitän Fagnet, seinen Schoner nach wie vor im Kielwasser des Korsaren zu halten.

Stetig rauschte das Nilwasser am Schiffsrumpf entlang. Am tintenschwarzen Himmel zogen die Sterne ihre ewigen Bahnen. Die Mitternacht kam; es wurde ein Uhr, zwei . . .

Germain und seine Freunde hatten bis jetzt gewacht, nun aber legten sie sich am Bug nieder, um wenigstens zu ein paar Stunden Schlaf zu kommen. Auch Fagnet war erschöpft. Deswegen übergab er das Steuer an seinen englischen Berufsgenossen Fowling, der sich schon vorher ein paar Stunden lang ausgeruht hatte. Die *Terror* segelte noch immer mit unveränderter Geschwindigkeit. Und wieder verstrichen zwei ereignislose Stunden. Da bemerkte plötzlich Kapitän Fowling, wie die Lichter der Piratenfregatte allmählich näher an den Schoner heranzukommen schienen. Da die *Flamingo* jedoch ihre eigene Geschwindigkeit nicht geändert hatte, konnte dies nur bedeuten, daß der Korsar langsamer geworden war.

Rasch ließ Fowling die Treibsegel am Hauptmast reffen, dann schickte er einen Matrosen zu den Mitgliedern der *Blauen Rose.* Es dauerte nur eine Minute, da tauchten die schattenhaften

Gestalten von Germain und seinen Freunden neben dem Engländer auf. Gleich darauf erschien auch Fagnet.

„Der Schoner hat Fahrt verloren?" erkundigte er sich sofort. „Ich erwachte, als das Soggeräusch sich verringerte. – Was ist los?"

„Ihr habt den Schlaf eines echten Seemannes", lobte ihn Fowling. „Was genau los ist, weiß ich selbst nicht. Die *Terror* ist aber langsamer geworden, und ich habe deswegen Segel reffen lassen."

„Vielleicht will der Condottiere doch noch anlegen?" vermutete Annabelle.

„Kaum", mutmaßte Germain. „Es hätte keinen Sinn. In wenigen Stunden wird es ja schon hell. Nein, das Manöver des Korsaren muß andere Gründe haben." Angestrengt spähte der Anführer der *Blauen Rose* zu den Lichtern des Korsaren hinüber. Um plötzlich wie ein Betrunkener gegen die Reling zu taumeln.

„He, was soll das denn bedeuten?" rief Germain überrascht aus. Er blickte noch verwirrter drein, als er sah, daß auch seine Gefährten recht unsicher auf den Beinen standen. Der Schoner, welcher bis jetzt ruhig und stetig durch das Wasser geglitten war, bewegte sich nun deutlich langsamer, wobei er schwer von einem Bug auf den anderen rollte und immer wieder unwillig stampfte. Außerdem war von den Rumpfplanken her ein seltsames Schaben und Schleifen zu vernehmen. Wieder gab es einen harten Ruck, und dann hörten die Freunde auf einmal Fowling sagen: „Natürlich – das ist es! Wir sind in eine Strecke von Nilgras geraten. Deswegen wurde der Pirat langsamer, und deswegen benimmt sich die gute *Flamingo* wie ein störrischer alter Maulesel."

„Nilgras?" erkundigten sich Annabelle und Kapitän Fagnet gleichzeitig.

„Ja", antwortete Fowling. „Ich kenne es von meinen früheren Reisen her, und jetzt rieche ich auch den unverwechselbaren fauligen Tangdunst. Der Nil ist über weite Strecken hin von wandernden Wasserpflanzenteppichen bedeckt, welche ein schweres Handikap für die Schiffahrt darstellen können. Manche Segler haben sich schon vollständig in dem Stengelgewirr festgerannt und konnten nur mühsam wieder herausgezogen werden. Manchmal gibt es aber auch Fahrrinnen durch diese Grasteppiche, sie sind aber bei Dunkelheit unmöglich zu finden. – Kapitän Fagnet, laß doch noch ein paar Reffs stecken. Sonst rennen wir uns am Schluß noch selbst fest."

Fagnet gab sofort die nötigen Befehle, dann erkundigte sich Germain, während die *Flamingo* erneut deutlich an Fahrt verlor: „Das bedeutet doch, daß unser Gegner es jetzt nicht wagen darf, weiter ins Ungewisse zu segeln, nicht wahr, Fowling?"

„Er würde so gut wie sicher in einer oder zwei Stunden festsitzen", bestätigte der englische Kapitän. „Nein, der Korsar muß das Tageslicht abwarten und sich dann eine freie Passage suchen. Auch wir selbst bleiben besser auch an Ort und Stelle liegen."

Wie um die Worte Fowlings zu bestätigen, ging plötzlich ein seltsamer, federnder Ruck durch das Schiff, gleichzeitig hörte das Soggeräusch am Rumpf ganz auf. Die *Flamingo* war im Nilgras steckengeblieben.

„Teufel auch!" fluchte Kapitän Fagnet. „Ihr scheint ein Hellseher zu sein, Fowling!"

„Tröstet Euch", gab der Engländer zurück. „Dem Piraten ist es gewiß nicht besser ergangen als uns. Seht nur – auch er liegt bereits fest. Seine Positionslichter bewegen sich nicht mehr. – Der Condottiere wird wahrscheinlich jetzt seine Leute in die Boote jagen, damit sie nachsehen, was das Schiff eigentlich festhält. Ich bin beinahe sicher, daß er noch nie etwas von dem Nilgras gehört hat, denn dieses Phänomen ist nur solchen Leuten bekannt, welche bereits einmal auf dem Strom gesegelt sind . . ."

„Wenn der Pirat Boote aussetzt . . .", murmelte da Germain.

„Wenn er Boote aussetzt . . . Fowling, wißt Ihr, was Ihr da eben gesagt habt?“

„Ich denke schon“, antwortete der Angesprochene. „Unser Feind wird ein tüchtiges Stückchen Knochenarbeit leisten müssen – wir selbst allerdings auch, wenn wir ihm durch den Nilgrasteppich folgen wollen.“

„Wir werden ihm nicht nur folgen, sondern ihn überrumpeln“, erklärte Germain erregt, wobei er sich an alle Umstehenden gleichzeitig wandte. „Bedenkt doch nur! Der Condottiere wird alle seine Boote zu Wasser lassen müssen, wenn seine Leute die Fregatte über das Hindernis hinwegziehen wollen. Das bedeutet aber, daß höchstens ein paar Mann auf der *Terror* selbst zurückbleiben werden. Wenn wir also jetzt keinen Handstreich wagen, dann sind wir selbst daran schuld, wenn meine Mutter noch länger in der Gewalt der Piraten leiden muß.“

„Bei meinen Pistolen – du hast recht“, meinte Rory. „Eine solche Chance zum Überraschungsangriff bekommen wir wirklich kein zweites Mal geboten.“

„Wir müssen natürlich danach trachten, aus einer völlig unerwarteten Richtung an den Korsaren zu kommen“, gab Jean mit kampflustiger Miene zu bedenken.

„Am besten brennen wir hier an Deck selbst ein paar Fackeln an und tun so, als ob auch wir Schwierigkeiten mit dem Nilgras hätten“, schlug Annabelle vor. „Während der Condottiere dadurch abgelenkt wird, besteigen wir ein oder zwei Boote, umrudern die Fregatte und gehen aus einer völlig unerwarteten Richtung an Bord. Dann ein paar rasche Degenstreiche, einige Hiebe – und der Condottiere ist in unserer Hand, während du endlich deine Mutter begrüßen kannst, Germain.“ Annabelle war so sehr von ihrem Plan angetan, daß sie Germain am Arm packte und ihn aufgeregt schüttelte.

Germain warf einen Blick zu den Sternen, die verschleiert am tintenschwarzen Nachthimmel glänzten. „Was meint Ihr?

Wann wird es hell werden?" wandte er sich dann an Kapitän Fagnet. – „In etwa einer Stunde", gab dieser nach kurzem Überlegen zurück. „Wenn wir in der Dunkelheit noch angreifen wollen, dann muß das bald geschehen."

„Es wird sofort geschehen", bestimmte Germain. „Meine vier Freunde und ich werden im ersten Boot ... doch hört, was ist das?"

Auch die anderen hatten die Geräusche vernommen, welche nun von der Stelle herüberdrangen, wo die *Terror* lag. Man hörte das Scheuern und Knarren von Tauwerk, dann schien sich Holz gegen Holz zu reiben, und zuletzt ertönte das Platschen und Spritzen von Wasser.

„Der Condottiere hat tatsächlich seine Boote zu Wasser bringen lassen", flüsterte Fowling. „Ihr habt Glück, Germain. Euer Plan beginnt Hand und Fuß anzunehmen."

„Dann wollen wir auch keine Zeit mehr verlieren", erwiderte der Anführer der *Blauen Rose*. „Also – Annabelle, Jean, Rory und Denghizik fahren zusammen mit mir in der Schaluppe. Ihr, Kapitän Fagnet, seid wohl so gut und laßt ein zweites Boot mit fünf oder sechs Leuten bemannen, das uns in einigem Abstand folgen soll. Diese Mannschaft braucht jedoch nur dann einzugreifen, wenn wir sie rufen, weil wir allein mit den Piraten, welche an Bord der Fregatte bleiben, nicht fertig werden. Ich glaube allerdings kaum, daß dies nötig werden wird. Noch mehr Leute auszuschiffen wäre Unsinn; wir würden uns nur gegenseitig im Wege sein. Also – die Barkasse klar. Aber leise!"

Man sah Kapitän Fagnet deutlich an, daß er sich am liebsten selbst an dem waghalsigen Handstreich beteiligt hätte, und ebenso schien es auch Fowling zu ergehen. Fagnet sah jedoch ein, daß sein Platz an Bord des eigenen Schiffes sein mußte. Fowling dagegen bestand darauf, das zweite Boot zu kommandieren, was ihm Germain auch gestattete.

Die Reiter der *Blauen Rose* ließen die Schaluppe nun eigenhändig vom Heck der *Flamingo* auf das dunkle, von Pflanzen durchsetzte Nilwasser hinunter. Die Geräusche, welche die Piraten verursachten, dienten als willkommene Tarnung. Es dauerte nur wenige Minuten, dann hatten Germain und seine Freunde die Schaluppe bestiegen. Sie warteten, bis auch Fowlings Kutter bereit war, dann ruderten sie mit gezogenen Waffen vorsichtig auf die *Terror* zu. Selbstverständlich steuerte Germain nicht den direkten Kurs, denn man konnte annehmen, daß der Condottiere Posten ausgestellt hatte, welche mit Sicherheit die Umgebung der *Flamingo* scharf beobachteten. Deswegen legte der Anführer der *Blauen Rose* sofort nach dem Abstoßen vom Schoner das Steuerruder hart herum. Die Schaluppe beschrieb einen Bogen auf das rechte Nilufer zu, so daß schon nach wenigen Minuten der dunkel aufragende Bug der festliegenden *Terror* außer Sicht geriet. Hart am Ufer entlang ruderten die Gefährten nun etwa eine Viertelmeile stromaufwärts, dann legte Germain das Ruder erneut herum. Langsam und beinahe geräuschlos glitt die Schaluppe weiter. Der Rumpf des Korsaren kam wieder in Sicht, doch lag er nun zwischen dem Boot der fünf Freunde und dem Schoner. Die Schaluppe befand sich also nun in einer Position, aus welcher der Condottiere unmöglich einen Angriff erwarten konnte. Etwa zweihundert Meter hinter ihr folgte Fowling mit sieben Matrosen im Kutter. Auch dieses zweite Boot hatte die Umgehung der *Terror* geräuschlos hinter sich gebracht.

Jetzt aber begann für Germain und seine Gefährten erst das eigentliche Abenteuer. Es galt, unbemerkt von den Piraten an Bord der Fregatte zu kommen. „Kein Laut mehr von nun ab!" befahl Germain flüsternd. „Legt euch auf den Boden der Schaluppe. Sie wird jetzt von selbst langsam auf den Korsaren zutreiben."

Jean, Rory, Denghizik und Annabelle gehorchten schweigend, aber aufs äußerste wachsam. Ihre Köpfe und Oberkörper verschwanden im Schutz der Bordwand. Die Schaluppe drehte sich leicht und wurde von der Strömung erfaßt. Ab und zu schurrte ihr flacher Boden über eine Strecke Nilgras. Da sich in dem dichten Pflanzengewirr an manchen Stellen auch abgebrochene Baumstrünke oder andere klobige Gegenstände verfangen hatten, konnte der gedrungene Bootskörper auch einem aufmerksamen Beobachter nicht weiter auffallen. – Nach langen Wochen des Mißerfolgs schien sich für die Gefährten der *Blauen Rose* das Glück nun endgültig zu wenden . . .

Wieder vergingen einige Minuten äußerster Anspannung. Da sah Germain, daß sich Fowlings Boot in eine abwartende Position gelegt hatte. Gut so, dachte er, der Kapitän wird keinen Fehler machen. – Fast gleichzeitig versperrte ein schwerer, klobiger Gegenstand die Sicht, schien wie ein Berg aus dem Strom zu wachsen. Es handelte sich um den Bug der *Terror,* den die Schaluppe jetzt beinahe erreicht hatte. Nur wenige Meter Wasser trennte sie noch von dem Korsaren.

Die fünf Freunde in der Schaluppe hielten den Atem an. Sich immer noch gegen die Bootsplanken pressend, spähten sie angestrengt nach oben, lauschten mit überwachen Sinnen. Droben an Deck der Fregatte blieb alles still. Stromaufwärts schien es tatsächlich keine Wache zu geben. Dann jedoch vernahmen die Gefährten von rechts her plötzlich ein Geräusch. Alle fünf zuckten unwillkürlich zusammen und tasteten nach ihren Waffen. Sie erkannten einen schwarzen, niedrigen Schatten, der über das Wasser glitt; darüber silhouettenhaft die Oberkörper mehrerer Menschen. War der Angriffsplan der *Blauen Rose* verraten worden? Hatten die Piraten sie bemerkt und holten nun zu einem Gegenschlag aus? Das waren die Fragen, welche sich Germain und seine Freunde, um den Erfolg ihres Unternehmens bangend, stellten.

Dann beschrieb das fremde Boot unvermittelt einen engen Bogen . . .

Der Kampf um die Fregatte

An Deck der *Terror* hatte man die ganze Zeit über tatsächlich angestrengt nach den Verfolgern Ausschau gehalten, denn das Piratenschiff befand sich in einer durchaus nicht beneidenswerten Lage.

„Vom Bug aus könnte man ja mehr sehen", murmelte der Condottiere. „Aber die Leute in den Booten werden schon wissen, was sie zu tun haben. Mir selbst ist es wichtiger, ein Auge auf den Schoner zu haben. Ich traue diesem Germain und seinen Leuten inzwischen jede Gemeinheit und Hinterlist zu. Es würde mich gar nicht überraschen, wenn sie unsere mißliche Lage ausnützen und uns erneut angreifen würden."

„Das dürfte ihnen aber schwerfallen", gab der Steuermann zu bedenken. „Die *Flamingo* scheint nämlich ebenfalls festzusitzen. Ist Euch nicht aufgefallen, daß sie keine Fahrt mehr macht und wie wir Fackeln aufgesteckt hat?"

„Selbstverständlich ist mir das aufgefallen", antwortete der Condottiere ärgerlich, wobei er seinen Säbel aus dem Gehänge nahm und sich mit beiden Fäusten auf die Waffe stützte. „Aber – wie gesagt – ich traue den Brüdern dort drüben einfach nicht. Vielleicht sollten wir noch ein paar Laternen mehr aushängen."

„Dann könnten uns die Feinde möglicherweise mit ihren Musketen erwischen", sträubte sich der Steuermann. „Nein, nein, glaubt mir nur, Herr! Die Mannschaft des Schoners ist im Moment mit ihren eigenen Sorgen vollauf beschäftigt." Der Seemann schob seinen Priem von einer Backe in die andere und setzte dann hinzu: „Aber wenn ich ganz ehrlich bin, Kapitän, dann mache auch ich mir Sorgen. Ihr habt uns hier auf diesen verdammten, zugewachsenen Strom gelotst, und ich frage mich allmählich, wohin unsere Reise jetzt eigentlich gehen soll. Ursprünglich wollten wir doch die levantinische Küste anlaufen, um dort endlich unseren zusammengeraubten Ballast günstig loszuschlagen. Statt dessen sitzen wir nun hier fest, wo es keine Möglichkeit gibt, das offene Meer zu gewinnen, und wo links und rechts nichts weiter zu sehen ist als armselige Fellachenhütten und knochentrockene Wüste. Von dem verteufelten Gras im Strom selbst einmal ganz zu schweigen!"

Seltsamerweise schien jedoch der Condottiere die Bedenken seines Steuermannes nicht zu teilen. „Unkt nur zu", beschied er seinen Untergebenen. „Ihr könnt es schließlich nicht besser wissen. Doch um Euch zu beruhigen, will ich Euch verraten, daß wir keineswegs in eine Falle gesegelt sind, wie Ihr anscheinend vermutet. Sollte uns auf dem Nil tatsächlich ein Unglück zustoßen, so gibt es für uns einen Fluchtweg, von dem unsere Feinde keine Ahnung haben. Im Gegenteil, wenn sie es wirklich wagen sollten, uns noch einmal anzugreifen, dann können sie eine böse Überraschung erleben. Wir haben nämlich Freunde hier in der Gegend."

„Freunde?" fragte der Steuermann ganz überrascht. „Ich dachte, wir wären hier ganz auf uns selbst gestellt. – Verratet mir doch gütigst, von wem Ihr eigentlich sprecht!"

„Nun, es ist vielleicht wirklich an der Zeit, das zu tun", erwiderte der Condottiere. „Ich will Euch mein Geheimnis also mitteilen . . ."

Mindestens fünf Minuten flüsterte der Korsarenkapitän nun auf seinen Steuermann ein, wobei das Gesicht des letzteren einen immer stärkeren Ausdruck von Überraschung zeigte. „Das ist gut, das ist vortrefflich!" rief der Steuermann zuletzt aus. „Ich wußte ja schon immer, daß Ihr Euer Handwerk versteht, Kapitän. Daß Ihr aber ein solcher Fuchs seid . . ."

Der Steuermann unterbrach sich, denn durch den Rumpf der *Terror* lief plötzlich ein spürbarer Ruck. Das Nilgras rauschte an den Planken entlang, die Fregatte war wieder in Fahrt gekommen. „Unsere Leute in den Zugbooten leisten gute Arbeit“, murmelte der Condottiere anerkennend. „Wir werden das Hindernis bald hinter uns gebracht haben. Wenn wir dann ein paar hundert Meter weitersegeln und im freien Wasser erneut Anker werfen, soll es der Schoner einmal wagen, uns zu folgen! Wir könnten ihm dann mit unseren Kanonen tüchtig einheizen.“ Mit diesen Worten schritt der Condottiere langsam auf den Bug seines Korsarenschiffes zu. Der Steuermann folgte ihm. Von dem fremden Boot, das dort vorne, eng an den Bugsteven geschmiegt, lag, ahnten sie beide nichts.

Germain und seine Gefährten drückten sich eng an die Planken der Schaluppe, hielten den Atem an und beobachteten gespannt das Ruderboot der *Terror,* welches gerade durch einen jähen Einschlag des Steuerruders die Richtung geändert hatte. Etwa eine Minute verstrich, dann flüsterte Denghizik erleichtert: „Wir haben Glück. Die Ruderer versuchen, die Fregatte aus dem Sumpf herauszupullen und streben von uns weg, weil dort das Nilgras nicht so dicht wächst. – Das hätte böse ausgehen können, wenn sich die Fahrgasse in unsere Richtung geöffnet hätte. Doch so haben wir jetzt unbehelligtes Spiel. Ich bin dafür, keine Zeit mehr zu verlieren und auf der Stelle zu entern.“

Germain warf wortlos einen langen Blick in die Runde, dann nahm er seinen Degen zwischen die Zähne, gab das Angriffszeichen und richtete sich als erster auf. Die Schaluppe schwankte gefährlich, als seine Freunde es ihm nachtaten. Germain sprang und umklammerte im nächsten Augenblick das schlanke Bugspriet der Korsarenfregatte. Es war ein äußerst gefährlicher Moment, denn so, mit beiden Händen an den Hilfsmast geklammert, war der Anführer der *Blauen Rose* völlig wehrlos. Wenn jetzt ein Feind auftauchte, war es um Germain geschehen.

Doch Denghizik hatte sich geistesgegenwärtig bereit gehalten. Schon stand er auf dem breiten Bug der Schaluppe und gab seinem kühnen Freund Hilfestellung. Ein Schwung von Germains sehnigem Körper – und dann hatte der Anführer der *Blauen Rose* das Hindernis überwunden und sich über die Reling der *Terror* geschwungen. Dort ließ er sich sofort auf die Decksplanken gleiten und spähte scharf um sich. Als sich kein Gegner zeigte, richtete er sich wieder auf, reichte Denghizik beide Hände, und im nächsten Augenblick befand sich auch der Mongole auf dem Piratenschiff. Jean, Rory und Annabelle folgten blitzschnell auf dieselbe Weise nach; leer dümpelte unten die Schaluppe im trüben Wasser. Die Gefährten der *Blauen Rose* machten ihre Waffen klar.

„Zuerst zum Heck! Wir müssen um jeden Preis meine Mutter befreien, möglichst ehe der Condottiere Alarm schlagen kann", flüsterte Germain aufgeregt. „Los, alle Mann mir nach!"

Die fünf Freunde kamen jedoch nur wenige Schritte weit. Dann ertönte plötzlich ein erschrockener Ruf, gleichzeitig krachte ein Pistolenschuß. Jeans Federhut wurde wie von einer unsichtbaren Faust fortgewirbelt – die Kugel hatte ihn getroffen. Daß fast im selben Augenblick wie der Schuß auch Germains Degen blitzte und den Piraten verwundete und gegen den Fockmast schleuderte, half den Angreifern nicht mehr viel. Denn schon zeigten sich neue Gegner.

Es waren der Condottiere und sein Steuermann, welche soeben den Bug der *Terror* erreicht hatten, den Schuß richtig deuteten, die Eindringlinge erkannten – und sich nun wütend auf sie warfen. Und wiederum beinahe gleichzeitig erdröhnte das Deck der Fregatte von vielen schnellen Tritten; die Mannschaft eilte ihren Anführern zu Hilfe. Die Reiter der *Blauen Rose* waren entdeckt, kaum daß sie den Fuß an Bord gesetzt hatten.

„Ah – stirb du Hund!" brüllte der Condottiere, riß den blanken Säbel hoch und drang auf Germain ein. Weiter hinten flammten zusätzliche Fackeln auf und beleuchteten die blutige Szene. Germain, der eben erst den hinterhältigen Schützen niedergeschlagen hatte, mußte sein ganzes Können aufwenden, um noch rechtzeitig dem berserkerhaften Angriff des Condottiere zu begegnen. Mit einer Quart fing er den wuchtigen Säbelhieb des Korsarenkapitäns ab, wurde aber im selben Moment von einer Handspeiche, die einer der Matrosen schwang, heftig in die Seite getroffen. Der Anführer der *Blauen Rose* taumelte, schon schwang der Condottiere wieder seine Waffe über seinem Kopf – als Annabelle eingriff. Ihre Klinge fuhr blitzschnell zwischen den Säbel des Condottiere und Germain, Funken sprühten, haarscharf ging der Hieb des schwarzen Piraten daneben. Germain machte einen Satz, um an Annabelles Seite zu kommen, welche sich nun dem Angriff von zwei anderen Piraten gleichzeitig ausgesetzt sah. Der Condottiere war plötzlich wie vom Erdboden verschluckt, dafür drangen aber nun seine Leute von allen Seiten auf die wenigen Reiter der *Blauen Rose* ein. Obwohl sich ein Teil der Leute in den Booten befand, waren immer noch an die zwanzig Korsaren an Bord geblieben, und dieser Übermacht mußten sich die fünf Gefährten nun wohl oder übel stellen. Hageldicht fielen von allen Seiten die Hiebe, und es war nur ein Glück, daß die Piraten nicht von ihren Schußwaffen Gebrauch zu machen wagten, da in dem Gedränge eine Kugel gleichermaßen Freund oder Feind hätte treffen können.

Das Schicksal jeder anderen Fechtertruppe wäre innerhalb von Minuten besiegelt gewesen. Doch hier kämpfte die *Blaue Rose!*

„Schart euch um den Fockmast!" überbrüllte Germain den Waffenlärm. „Wir müssen uns den Rücken freihalten!" Annabelle mit sich reißend, sprang er ein paar Schritte zurück. Die junge Frau stieß hart gegen den Mastbaum, faßte sich aber sofort und ging wieder zum Angriff auf einen mit einem Enterhaken bewaffneten Korsaren vor. Die mit einem gräßlichen Widerhaken bewehrte Stange splitterte unter Annabelles wütendem Degenhieb; der Pirat wurde durch seinen eigenen Schwung über

Bord gerissen. Annabelle nahm schon den nächsten Feind an . . .

Ebenso glänzend fochten ihre vier Gefährten. Rorys Pistolen krachten, dann drehte der Ire die langläufigen Waffen um und schwang sie wie Beile gegen die Angreifer. Zwei Mann gleichzeitig versuchten ihn zu unterlaufen, doch gegen den gewandten Hünen hatten sie keine Chance. Von links und rechts schlug er mit beiden Kolben zu. Beide Piraten brachen zu seinen Füßen zusammen. Ein dritter jedoch rannte mit dem Säbel, den er wie eine Lanze vor sich hielt, gegen den Iren an. Er hätte Rory O'Connell unweigerlich schwer getroffen, wäre ihm Jean nicht beigesprungen. Dessen Degenspitze klirrte in den Säbelkorb des Feindes, der Mann schrie schrill auf und ließ die Waffe fallen. Jean hatte Hand und Säbelgriff gleichzeitig getroffen. Bei seinem Ausfall hatte aber der wendige Franzose einen anderen Korsaren übersehen. Dieser holte mit einem alten, zweischneidigen Schwert aus. Doch da schnalzte Denghiziks Peitschenschnur vor, schlang sich um den Hals des Korsaren und riß ihn zu Boden. Das zweihändige Schwert bohrte sich in den Block der Ankerwinde und blieb zitternd stecken. Der Pirat lag auf den Planken, bewußtlos vom schweren Sturz. Denghizik riß seine Peitsche wieder an sich und wandte sich dem nächsten Gegner zu.

Es sah ganz so aus, als wären die Gefährten der *Blauen Rose* den Piraten überlegen. Germain wollte Befehl geben, zum Achterkastell durchzudringen, wo sich seine gefangene Mutter befand. Doch da stellte sich ihm ein Feind in den Weg, welcher gefährlicher war als alle vorhergegangenen. Es handelte sich um den Steuermann der *Terror.*

Der vierschrötige Schiffsoffizier hatte sich während der vergangenen Minuten eher abseits gehalten; er schien darauf vertraut zu haben, daß seine Leute mit den Angreifern schnell fertig würden. Als er nun aber die Korsaren einen um den anderen unter den Hieben und Stichen der fünf verwegenen Kaperer fallen sah, packte ihn ingrimmiger Zorn. Mit beiden Ellenbogen stieß er zwei Matrosen beiseite, die gerade Germain attackieren wollten, dann warf er sich mit gezücktem Degen selbst auf den Anführer der *Blauen Rose.*

Germain erkannte bereits nach dem ersten Schlagabtausch, daß er es hier mit einem gewandten und erfahrenen Gegner zu tun hatte. Der Steuermann versuchte nicht, das Duell mit roher Gewalt und bloßer Kraft zu bestehen, so wie das seine Vorgänger getan hatten, die mit Germains Klinge Bekanntschaft gemacht und dabei allesamt den kürzeren gezogen hatten. Der Stellvertreter des Condottiere setzte vielmehr das Können eines erfahrenen Fechtmeisters ein.

Germain mußte sich anstrengen, um gegenüber diesem Gegner mit dem Degen bestehen zu können. Quart, Quint, Finte, Ausfall, Tänzeln, Finte, Doppelquart – wie Blitze in einem Gewitter ganz besonderer Prägung züngelten und zuckten die langen, dünnen Klingen. Die beiden Gegner belauerten sich sekundenlang gegenseitig, um bei dem anderen eine Blöße zu entdecken, griffen dann an, zogen sich zurück, griffen wieder an, standen mit verzerrten Gesichtern Degenkorb an Degenkorb da. Gleich darauf lösten sich die Klingen mit häßlichem Sirren wieder voneinander, um sich einen Sekundenbruchteil später erneut wütend ineinander zu verbeißen.

Das Gefecht um den Fockmast erinnerte jetzt an einen Hurrikan, in dem die einzelnen Kämpfer in einem tödlichen Mahlstrom umeinander herumwirbelten. Und in der Mitte dieses gnadenlosen Reigens bewegten sich Germain und der Steuermann. Der Kampf um die beiden Männer herum war reine Staffage geworden – und beide wußten es. Sie wußten, daß das Schicksal der *Terror* nun allein in den Klingen ihrer Degen ruhte. Demjenigen, der seinen Gegner besiegen konnte, diesem Mann gehörte auch das Piratenschiff. Minutenlang tobte nun schon der

Kampf, doch er war noch immer unentschieden. Da schien der Steuermann alles auf eine Karte setzen zu wollen. Vielleicht hatte auch die Tatsache, daß immer mehr seiner Leute von Annabelle, Jean, Rory und Denghizik schwer getroffen wurden, zu seinem Entschluß beigetragen. Jedenfalls zog er sich plötzlich zwei Schritte zurück und ergriff mit der freien Linken eine schwere Handspeiche, die in der Reling steckte. Fast gleichzeitig führte er mit dem meterlangen, gedrechselten Holzstück einen furchtbaren Hieb gegen Germain. Der war gezwungen, mit dem Degen abzuwehren. Die Klinge d'Artagnans flirrte hoch, lenkte den Schlag ab. Doch darauf hatte der Steuermann nur gewartet. Jetzt konnte er den Degen gegen Germain einsetzen, der sich selbst seiner Deckung beraubt hatte. Ein blitzschneller, präzise geführter Stoß gegen Germains ungedeckte linke Flanke. Ein unwillkürlicher Schrei Annabelles – und dann eine kaum merkliche Bewegung Germains, welche aber einen ungeahnten Erfolg hatte. Die gezückte Klinge des Steuermanns traf auf metallenen Widerstand, mehr noch: sie wurde ihm wie durch Geisterhand aus der Faust gerissen und flog mehrere Meter zur Seite.

Nur Germain hatte es fertigbringen können, den tödlichen Stoß mit Hilfe seines blitzschnell mit der Linken gezogenen Dolches abzuwehren – und den Feind auch noch zu entwaffnen.

Schon wollte der Anführer der *Blauen Rose* dem Besiegten den Degen an die Kehle setzen und ihn so zur Aufgabe des Kampfes zwingen, als er durch einen lauten Schrei abgelenkt wurde. Dieser Schrei erklang vom Heck der Fregatte, und Germain erkannte sofort die Stimme des Condottiere. Einen Augenblick nur verhielt seine Klinge in der Luft, doch das genügte dem Steuermann, um herumzufahren, seinen eigenen Degen wieder aufzuraffen und quer über das Schiffsdeck davonzujagen. Der noch kampffähige Rest der Mannschaft folgte ihm auf dem Fuß, so daß Germain und seine Gefährten im nächsten Augenblick mutterseelenallein auf dem Vorderdeck standen. Gleich darauf wurde es um sie aber lebendig, und über das Schanzkleid kletterte jetzt ein Dutzend Matrosen von der *Flamingo* an Bord, angeführt von dem wackeren Fowling und Kapitän Fagnet.

„Wir dachten, wir müßten Euch heraushauen", keuchte Fagnet. „Aber der verdammte Condottiere hat unser Kommen bemerkt und seine Leute noch rechtzeitig gewarnt. Jetzt werden sie sich auf dem Achterkastell verschanzen."

„Nicht, wenn wir ihnen keine Zeit dazu lassen", antwortete Germain schnell. „Los, alle Mann mir nach. Laßt die Schurken nicht mehr zur Besinnung kommen!" Damit rannte der Anführer der *Blauen Rose* auch schon den flüchtigen Piraten nach. Unterwegs hörte er, wie unten auf dem Strom mehrere Schüsse fielen. Unsere Leute greifen auch die Korsaren in den Booten an – gut so, fuhr es ihm durch den Kopf. Aber länger konnte er auf das Gefecht auf dem Strom nicht achten. Denn er erreichte das Achterkastell und mußte feststellen, daß die Feinde dort blitzschnell eine zweite Verteidigungsposition bezogen hatten. Mit glimmenden Musketenlunten und gezückten Säbeln erwartete mindestens noch ein Dutzend der Piraten den Ansturm von Germains Leuten.

Davon ließ sich der Anführer der *Blauen Rose* jedoch nicht mehr aufhalten. Er dachte an seine Mutter, die sich immer noch in der Gewalt des Condottiere befand, die er um jeden Preis befreien mußte, auch wenn er sie in dem ungewissen Licht und in der Masse der Korsaren im Moment nicht sehen konnte. Schüsse krachten, Kugeln pfiffen hart an Germain und seinen Freunden, welche ihm dichtauf folgten, vorbei. Ein, zwei Matrosen der *Flamingo* stürzten verwundet auf die Planken. Rory schrie wütend, als ihm ein Streifschuß das Wams am Oberarm zerfetzte und eine blutige Furche in seinen Bizeps pflügte. Doch zum Nachladen kamen die Korsaren nicht mehr. Wie Rachegötter stürzten sich die Gefährten der *Blauen Rose,* gefolgt von Fowlings und Fagnets Leuten, auf sie.

Schon wälzten sich wieder mehrere Verwundete auf Deck. Zwei, drei Mann sprangen über Bord, als sie Germains Degen über ihren Köpfen blitzen sahen. Schon öffnete sich eine Gasse vor dem fechtenden Anführer der *Blauen Rose.* Es sah ganz so aus, als müßten die Korsaren innerhalb der nächsten Minute die Waffen strecken. Schon spähte Germain nach dem Condottiere aus, um ihm endlich die Quittung für seine zahllosen Schurkereien zu geben. Da wendete sich das Kampfglück erneut.

Wieder war es der Steuermann, welcher noch einmal den Ansturm Germains zum Stehen brachte.

Wie vorhin stellte er sich breitbeinig dem jungen Edelmann entgegen; daß ihn Germain schon einmal besiegt hatte, schien seinen Mut nicht gedämpft zu haben. Und wieder verbissen sich die Waffen der beiden beinahe gleichwertigen Gegner ineinander. Freilich wußte Germain inzwischen, daß er der bessere Fechter war, und das gab ihm die Überlegenheit, die er nötig hatte. Nur ein kurzer Schlag- und Stichwechsel, dann sah sich der Steuermann auch schon in die Defensive gedrängt. Schon gab er sich die erste Blöße, und Germain hätte ihm seine Klinge bis zum Heft in die Brust rennen können. Doch der Anführer der *Blauen Rose* tötete nur, wenn es sich auf keinen Fall vermeiden ließ, und so schonte er jetzt seinen Gegner. Er wollte den Steuermann lediglich kampfunfähig machen – was er allerdings wenig später bitterlich bereuen sollte. Denn dadurch, daß das Degenduell mit dem Offizier nun weiterging, verstrich kostbare Zeit ...

Wieder trug der Steuermann einen heftigen Ausfall vor, trieb Germain sogar ein paar Schritte zurück. Der Anführer der *Blauen Rose* brauchte mehrere Minuten, ehe er das verlorene Terrain wiedergewonnen hatte. Dann jedoch verwirrte er durch mehrere blitzschnelle Winkelquarten den Steuermann, täuschte ihn durch eine kühne Finte, wich zum Schein aus – und traf den Gegner voll in die rechte Schulter. Zum zweitenmal verlor der beste Fechter der *Terror* seinen Degen, und jetzt gab er sich endlich geschlagen.

„Pardon!" keuchte er, als ihm Germain die nadelspitze Klinge an die Kehle setzte.

„Gebt sofort Befehl, daß Eure Leute den Kampf einstellen!" herrschte ihn der Anführer der *Blauen Rose* an. – Eigentlich wäre zur Durchführung dieser Anordnung der Condottiere nötig gewesen, doch an diesen dachte Germain im Augenblick gar nicht, da er den Piratenkapitän während des ganzen Gefechts nicht mehr gesehen hatte.

„Die Waffen nieder, Leute!" überbrüllte der verwundete Steuermann das Kampfgetümmel. Beinahe dankbar gehorchten die wenigen Korsaren, die dem Ansturm der *Blauen Rose* noch standgehalten hatten.

„Und nun alle Mann zum Hauptmast!" befahl Germain weiter. „Wer jetzt noch Widerstand leistet, bekommt es mit mir persönlich zu tun!" Germains Degenklinge blitzte gefährlich im roten Fackelschein. Die Piraten rannten zur Decksmitte und scharten sich um den Mast. Ihre Waffen hatten sie weggeworfen. Das Korsarenschiff befand sich in den Händen der *Blauen Rose* und ihrer Verbündeten. Die Matrosen von der *Flamingo* machten ihrer angestauten Freude durch lauten Jubel Luft, während sie begannen, die überwältigten Gegner mit starken Tauen an den Mastbaum zu fesseln. Nur Germain beteiligte sich nicht an dem allgemeinen Freudentaumel.

Kaum hatten die Piraten ihre Waffen gestreckt, hatte sich der Anführer der *Blauen Rose* von dem Steuermann abgewandt und war dann blitzschnell zum Achterkastell hochgeklettert. Er dachte dabei kurz an den verschwundenen Condottiere, nahm aber dann an, daß er irgendwo unter den Toten liegen würde. Viel wichtiger war für Germain ohnehin die Komteß von Walden. Denn jetzt, nach dem vollständigen Sieg, konnte er seine Mutter endlich aus ihrer schändlichen Gefangenschaft erlösen.

Germain hastete zum Achtersteven, wo die Komteß die ganzen letzten Tage über gefesselt gestanden hatte. In der Hand hielt er bereits den Dolch, mit dem er den Strick durchtrennen wollte. Noch verbarg ein heruntergeschossenes Besanmastsegel ihm den Blick. Germain stieß es beiseite und stand vor dem Achtersteven.

Zu seinem grenzenlosen Entsetzen stellte er fest, daß seine Mutter verschwunden war . . .

In die Wüste

Minutenlang stand Germain wie vom Blitz getroffen da. Obwohl er in seinem abenteuerlichen Leben bereits Dutzende von brandgefährlichen Abenteuern überstanden hatte, hatte der Anführer der *Blauen Rose* noch niemals eine derartige Enttäuschung verwinden müssen. Alles Blut war aus seinem Gesicht gewichen, die Waffe in seiner Hand zitterte. Fassungslos starrte er auf den leeren Achtersteven, an dem nur noch ein paar durchtrennte Tauenden anzeigten, daß dort die Gefangene gestanden hatte.

Germain kam erst wieder zu sich, als er eine Berührung an der Schulter spürte. Er fuhr herum und erkannte Annabelle, die ihm ahnungsvoll gefolgt war. Die Gegenwart seiner Freundin brachte Germain in die Wirklichkeit zurück. „Mutter ist verschwunden“, stammelte er. „Auch den Condottiere kann ich nirgends entdecken!“

Annabelles Antwort traf ihn erneut wie ein Schlag: „Es hat keinen Sinn, es dir zu verschweigen“, sagte die junge Frau. „Der Condottiere scheint deine Mutter wiederum entführt zu haben. Jedenfalls deutete der Steuermann gerade etwas in dieser Richtung an. Der Offizier möchte dich sprechen.“

„Meine Mutter erneut entführt!“ murmelte Germain fassungslos. „Gehen wir zum Steuermann."

Der verwundete Offizier der *Terror* lag ein Stück abseits von seinen Komplizen auf dem Deck. Als Germain und Annabelle hinzutraten, richtete er sich mühsam auf. Seine Augen glänzten jetzt fiebrig, sein Gesicht war totenblaß. Seine Wunde mußte schwerer sein, als Germain zunächst angenommen hatte. Der Pirat bestätigte das auch gleich: „Meine Stunden sind gezählt", stöhnte er. „Ich spüre, wie das Leben mich verläßt. Aber ich will nicht mit all meinen Sünden beladen aus dieser Welt gehen. Ich habe Euch noch etwas zu sagen, Germain. – Ich tue es, weil Ihr Euch als ritterlicher Gegner gezeigt habt und zweimal mein Leben zu schonen versuchtet . . ."

Germain kniete sich neben den tödlich getroffenen Steuermann. Leise kamen auch Jean, Rory und Denghizik zu dem Platz, dichtauf gefolgt von Fagnet und Fowling.

„Sprecht!" forderte nun Germain den Korsaren auf. „Ihr wißt, wohin der Condottiere meine Mutter verschleppt hat?"

„Eure Mutter . . . ja!" keuchte der Steuermann. „Als der Kampf begann, gab mir der Condottiere seine Anweisungen. Er sagte, ich solle Euch nur mit allen Mitteln von ihm selbst fernhalten, dann würde er schon dafür sorgen, daß das Schiff in unserer Hand bliebe. Er sagte, er wolle die Komteß auf eine Kanonenmündung binden und Euch so zwingen, die *Terror* wieder zu räumen . . ."

Germain starrte ihn entsetzt an.

„Nein, nein . . . ich dachte ja nicht, daß mein Kapitän die Kanone dann tatsächlich abfeuern würde", fuhr der Steuermann hastig fort. „Er wollte Euch nur bluffen, davon bin ich überzeugt. Schließlich hat er seine Gefangene ja auch nicht getötet. Das also wußte ich, und deswegen versuchte ich mit allen Mitteln, Euer Vordringen zum Achterkastell zu verhindern, Germain. Ihr habt mich aber besiegt, und dann mußtet Ihr feststellen, daß Eure Mutter verschwunden war. Der Condottiere hat seinen Plan geändert, als er erkannte, daß das Schiff nicht mehr zu halten war. Als ich fiel, sah ich, wie er sie über Bord zerrte – an einer Stelle, welche noch nicht von Euren Leuten erobert war. Ich weiß, daß dort ein kleines Boot hing, das ein einzelner Mann leicht zu Wasser bringen konnte. Ich hätte Euch das alles früher sagen sollen, aber zunächst haßte ich Euch noch, weil Ihr mich niedergestoßen hattet. Erst jetzt, da ich den Tod fühle ..."

„Jammert nicht! Sagt uns lieber, wohin der Condottiere mit der Komteß fliehen wollte", warf Rory nicht gerade rücksichtsvoll ein. „Ihr kennt doch die Pläne des Condottiere?"

„Sprecht! Sagt uns alles!" bat Annabelle versöhnlicher. „Denkt an Eure Verwundung!"

Der Steuermann warf ihr einen dankbaren Blick zu, räusperte sich mühsam und fuhr fort: „Erst vor wenigen Stunden erzählte mir der Condottiere, daß er früher einmal Freundschaft mit dem Stamm der Beni Suef in der Wüste westlich des Nil geschlossen habe. Er prahlte damit, daß diese Beduinen ihn gegen alle seine Feinde verteidigen würden, wenn dies einmal nötig werden sollte." Der Oberkörper des Steuermannes bäumte sich auf. „Ich bin überzeugt, der Condottiere will die Komteß zu den Beni Suef verschleppen" ächzte er. „Diese Beduinen pflegen ihre Gefangenen an die schwarzen Stämme des südlichen Sudan zu verkaufen." Die Augen des Verwundeten wurden glasig, ein dünner Blutfaden quoll aus seinem Mundwinkel. Trotzdem hatte er noch die Kraft, seine Hand in Germains Ärmel zu krallen und zu flüstern: „Ihr müßt ... Eure Mutter vor diesem grauenhaften Los ... bewahren. Reitet immer nach Westen. Folgt ... von hier aus ... dem Seitenarm des Nil ... auf dem gegenüberliegenden Ufer. Rettet die Komteß ... und rächt meinen Tod ... an dem verräterischen Con ... –"

Ein letzter, röchelnder Atemzug unterbrach die Rede des Steuermanns. Noch einmal bäumte er sich krampfhaft auf, dann nahm sein Gesicht den Ausdruck unsäglicher Überraschung an, und der Mann fiel tot hintenüber . . .

Es hatte während des erbitterten Kampfes um das Piratenschiff noch mehr Tote gegeben. Das Hinscheiden des Steuermannes jedoch, der in den letzten Minuten seines Lebens seine Missetaten ehrlich bereut hatte, berührte die ihn Umringenden tief. Mehrere Minuten vergingen daher, ehe Germain die Sprache wiederfand.

Er sprang auf, schob sein Degengehänge zurecht und sagte: „Gott gebe seiner Seele Frieden! Ich aber werde mich auf der Stelle an die Verfolgung des Condottiere machen. Groß kann sein Vorsprung unmöglich sein, und ich kenne seinen Weg. Fagnet, laßt meinen Hengst an das linke Ufer bringen. Bei Sonnenaufgang will ich losreiten."

„Bringt auch unsere Pferde ans Ufer", setzte Annabelle hinzu. „Wir anderen werden dich selbstverständlich begleiten, Germain."

Der Anführer der *Blauen Rose* nickte dankbar und eilte auch schon zur Reling, um das nächstbeste Boot zu besteigen, das ihn zurück an Bord der *Flamingo* tragen sollte. Die Freunde und die beiden Kapitäne folgten ihm auf dem Fuß. Sie sollten gleich noch eine bittere Überraschung erleben. Kaum hatte nämlich Fagnet nach einem Boot gerufen, als ihm ein Matrose meldete: „Wir können vorerst die Fregatte nur schwimmend verlassen, Kapitän. Denn es gibt kein einziges heiles Ruderboot mehr. Teils wurden sie bei dem Gefecht zerschossen. Doch die anderen Boote . . ."

„Sag es schon!" rief Germain ahnungsvoll.

„Sind von einem Unbekannten gründlich zerstört worden", fuhr der Matrose fort. „Es muß passiert sein, als wir alle mitten im dicksten Kampfgewühl standen und nicht weiter darauf achteten, was unten auf dem Wasser vorging. Aber geduldet Euch eine oder zwei Stunden. Meine Kameraden sind bereits dabei, aus alten Planken und Brettern ein Floß zu bauen."

„Das dauert mir zu lange", stöhnte Germain. „Es kann nur der Condottiere gewesen sein, der uns der Boote beraubte. Und jetzt wächst sein Vorsprung von Minute zu Minute. Ich werde zur *Flamingo* schwimmen . . ."

„Das laßt besser bleiben!" riet Fowling dem erregten jungen Edelmann. „Ihr würdet den Schoner niemals erreichen. Die Schlingwurzeln des Nilgrases sind tückisch, sie würden Euch unweigerlich festhalten, und Ihr würdet elend ersaufen."

Zähneknirschend mußte sich Germain fügen. Aber er sah ein, daß Fowling recht hatte und wartete nun auf die Fertigstellung des Floßes.

Der neue Tag brach an, aber das Floß war immer noch nicht fertig. Germain nutzte die Zeit, um Fagnet seine Anweisungen bezüglich der gefangenen Piraten und des zurückeroberten Schiffes zu geben. „Da nur meine Gefährten und ich Pferde besitzen, könnt Ihr uns hier nichts mehr nützen", erklärte der Anführer der *Blauen Rose.* „Bringt also die beiden Schiffe zurück nach Alexandria, wo Ihr die *Terror* – oder die *Erzherzog Karl,* wie wir sie jetzt besser wieder nennen wollen, dem österreichischen Gesandten an der Hohen Pforte übergeben könnt. Wenn Ihr dann wollt, so könnt Ihr in Alexandria mit Eurem Schoner auf meine Gefährten und mich warten. Sollten wir den Condottiere in der Wüste stellen und auch dieses Abenteuer überleben, dann werden wir Euch in der Hafenstadt treffen und gemeinsam in die Heimat zurücksegeln. Wenn nicht . . ." – Germain vermied es, den Satz zu vollenden.

Fagnet wußte aber auch so, was der Freund hatte ausdrücken wollen. „Ich gehorche. Geht Ihr mit Gott!" antwortete er leise.

Zwei Stunden nach Sonnenaufgang war das Floß endlich bereit. Die Gefährten der *Blauen Rose* verabschiedeten sich von Fagnet und Fowling und ruderten dann zur *Flamingo* hinüber. Minuten später waren ihre Pferde gesattelt und aus ihren Verschlägen befreit, worin sie nun wochenlang gestanden hatten. Die Tiere bewegten sich unwillig und steif, doch darauf konnte jetzt keine Rücksicht genommen werden. Die fünf Gefährten versahen sich noch mit Futter für die Pferde, sowie mit Proviant für sich selbst, dann flößten sie die Gäule einzeln zum linken Nilufer. Darüber verging eine weitere Stunde, so daß der Condottiere, der ja außerdem noch die Schnelligkeit seines Bootes auf dem erwähnten Nilarm ausnützen konnte, inzwischen einen großen Vorsprung gewonnen haben mußte.

Die Reiter der *Blauen Rose* konnten nach einem letzten Winken zu den Freunden auf den Schiffen hinüber nichts weiter tun, als dem Stromarm so schnell wie möglich nach Westen zu folgen. Dabei stellte sich schnell heraus, daß die Pferde noch steifer waren, als sie zunächst angenommen hatten. Sie hatten ja seit Ragusa in ihren engen Verschlägen auf Deck der *Flamingo* ausharren müssen, ohne die für sie so notwendige Bewegung zu bekommen. Die Freunde kamen deswegen zunächst nur im Schritt und im leichten Trab vorwärts. Auch die Landschaft legte ihnen ständig schwere Hindernisse in den Weg. Sie mußten sich ihren Pfad durch Sumpf, verschlungenes Binsengewirr und morastige Uferhänge erkämpfen.

Immerhin erkannten sie bald, daß sie sich auf der richtigen Spur befanden. Abgerissene Wasserrosen und zerdrücktes Schilf im Nilseitenarm zeigten deutlich an, daß der Condottiere mit seiner Gefangenen hier durchgekommen war. Dieselben Bruchstellen an den Pflanzen bewiesen aber durch ihre schlaffe Konsistenz auch, daß seitdem bereits mehrere Stunden verstrichen waren.

So begann erneut die Jagd auf den Verbrecher, und wieder einmal sah es ganz so aus, als hätte der Condottiere noch einmal alle Vorteile auf seiner Seite.

Am späten Nachmittag erlebten dann die fünf Gefährten noch eine weitere böse Überraschung. Der Nilarm, dem sie bis jetzt gefolgt waren, bog hier plötzlich nach Norden um, denn das Gewässer hatte den Rand der großen arabischen Wüste erreicht, welche sich von hier aus unter einem gnadenlosen, glastigen Himmel schier unendlich nach Westen erstreckte.

Als die Freunde herantrabten, sahen sie in einer Flußbucht ein kleines Ruderboot verlassen daliegen. Der Schriftzug *Erzherzog Karl* auf den Planken bewies, daß es sich um das Fahrzeug handelte, das der Condottiere bei seiner Flucht benutzt hatte. Jetzt jedoch war dieses Boot leer – und die Spuren zweier Pferde, die vom Ufer weg in die Wüste führten, zeigten an, daß sich der Feind – wie auch immer – ebenfalls beritten gemacht hatte, da ihm das Boot auf seinem Weg zu den Beni Suef nichts mehr nützen konnte. Germain entdeckte auf dem Sandstrand eine Wasserkalebasse, die aus einem Kürbis geschnitten war. „Ganz offensichtlich ist der Condottiere auf Einheimische getroffen und konnte ihnen zwei Pferde abhandeln", vermutete Jean. „Der Kerl muß mit dem Teufel im Bunde sein!"

„Auch dann kann er nicht spurlos verschwinden!" Germain deutete auf die Hufspuren, die sich wie ein schnurgerades Steppmuster in die Wüste hineinzogen. „Weiter, Freunde! Jede Minute ist für mich kostbar. Aber laßt uns zuerst noch unsere Wasserbehälter auffüllen. Wer weiß, wann wir in dieser endlosen Wüste auf den nächsten Brunnen stoßen." Das geschah, dann setzten die Reiter der *Blauen Rose* trotz der schon stark fortgeschrittenen Tageszeit eilig ihren Weg fort.

Vier ereignislose Tage waren vergangen. In Europa war der Herbst schon weit fortgeschritten; hier in der Wüste jedoch spürte man davon nichts. Tagsüber sandte die Sonne ihre glühenden Strahlen hernieder auf den endlosen Teppich aus Sand, Felsen, Geröll, ausgetrockneten Salzpfannen und einem gelegentlichen Wasserloch. Die Nächte dagegen waren bitter kalt, da der nackte Erdboden die tagsüber eingestrahlte Wärme nicht zu speichern vermochte. Die Verfolgung des Condottiere gestaltete sich daher für die Reiter der *Blauen Rose* zu einer von Tag zu Tag schlimmeren Strapaze.

Zunächst hatte sich nach ihrem Aufbruch vom Nil der Vorsprung des verhaßten Feindes noch weiter vergrößert. Schuld daran waren die Pferde der fünf Gefährten, denen einfach noch keine größere Anstrengung zugemutet werden konnte, noch dazu in diesem für sie ungewohnten Klima. Dann, nach dem zweiten Tag, hatten sich die Tiere allmählich erholt und an die Wüste gewöhnt. Germains Rapphengst Grampian und Denghiziks wildes Przewalskypferd wurden sogar schon wieder übermütig. Die anderen drei Tiere waren noch nicht ganz auf der Höhe, ertrugen aber gleichfalls schon wieder einen kräftigen Galopp. So hatten die Gefährten am dritten und vierten Tag Gelände gutmachen können. Es sah sogar so aus, als hätte nun der Condottiere Schwierigkeiten. Der Grund dafür mochte darin liegen, daß er mühsam seinen Weg von einem Wasserloch zum nächsten suchen mußte, während die Reiter der *Blauen Rose* nur seinen Spuren zu folgen brauchten, um jeden Abend mit dem kostbaren Naß versorgt zu sein.

Als die Freunde die uralten Pyramiden von Gizeh passierten, betrug der Vorsprung des Korsarenkapitäns noch ungefähr einen halben Tag. Und obwohl ihnen die Zeit nach wie vor auf den Nägeln brannte, zügelten die Gefährten beim Anblick der gewaltigen Bauwerke doch unwillkürlich ihre Pferde. Denn zu Beginn des 18. Jahrhunderts galten die ägyptischen Pyramiden noch als sagenhaftes Wunder, dessen Anblick nur ganz wenigen Reisenden vergönnt war.

„Es sieht aus, als hätten sich hier Riesen der Vorzeit ein privates Gebirge erschaffen", brach es aus Annabelle heraus. „Mein Gott, Germain, wie war es bloß möglich, diese Unmenge von Steinblöcken in die Wüste zu bringen und so himmelhoch aufeinanderzutürmen?!"

„Wie ich einmal in Paris hörte, sind die Pyramiden Zeugnisse einer gewaltigen untergegangenen Kultur", erklärte Jean. „Jedes der Bauwerke hat nur den einen Zweck, die Leiche eines der früheren Herrscher Ägyptens, der Pharaonen, zu beherbergen und zu schützen. Es handelt sich also um phantastische Königsgräber, und die Pharaonen verwendeten vor drei- oder viertausend Jahren wohl die Einkünfte ganzer Provinzen, um diese höchst bemerkenswerten Bauten aus dem Boden zu stampfen."

„Unglaublich!" Annabelle schien das alles kaum zu begreifen. „Und du meinst, daß sich im Inneren der Pyramiden wirklich noch die Mumien der einstigen Könige dieses Landes befinden?"

„Mein Gesprächspartner in Paris war jedenfalls davon überzeugt", antwortete Jean. Er unterbrach sich aber plötzlich und spähte angestrengt nach Süden, wo sich in der Wüste eine Bewegung zeigte. Eine Staubfahne wölkte über dem Horizont, und ein Pulk dunkler Punkte wurde langsam größer.

„Das scheinen Reiter zu sein", vermutete Germain, welcher dem Blick des Freundes gefolgt war. „Seltsam. Ich dachte, hier würde niemand mehr leben."

„Du hast die Beduinen vergessen, welche der Steuermann erwähnte", mischte sich Denghizik ein. „Wenn ich mich nicht irre, müssen wir uns allmählich ihren Weidegebieten nähern."

„Hoffentlich sind es keine Beni Suef, bei denen der Condottiere wohl Schutz suchen will", murmelte Rory, der die ganze Zeit über nur mit sehr gemischten Gefühlen durch die Wüste geritten war und noch mehr als sonst von seiner kühlen irischen Heimat geschwärmt hatte. „Ich will mal lieber meine Pistolen schußbereit machen."

Gespannt verharrten die fünf Gefährten vor der gewaltigen Kulisse der riesigen Grabmäler – die Waffen griffbereit. Die Punkte draußen in der Wüste wurden zusehends größer, bald zeigte es sich, daß es sich tatsächlich um etwa ein Dutzend verwegener Reiter handelte, deren weiße, mantelartige Gewänder im Wind über den Kruppen ihrer schnellen Pferde flatterten.

Germain fühlte, wie seine Kehle plötzlich trocken wurde; doch jetzt lag das nicht an der Wüste. Denn der Pulk der unbekannten Reiter löste sich nun auf und zog sich zu einem weiten Halbkreis auseinander.

„Sie wollen uns umzingeln!“ rief Denghizik.

„Und sie sind uns an Zahl weit überlegen!“ setzte Jean hinzu.

„Sollen wir fliehen?“ erkundigte sich Annabelle.

„Ihre Pferde sind schneller als unsere“, sagte Rory düster.

Germain legte seinen blanken Degen quer über den Sattelknauf. Die Klinge spiegelte blendend in der grellen Sonne. „Wenn wir wirklich angegriffen werden, dann bleibt uns nur eine einzige Möglichkeit“, erklärte er. „Zu kämpfen. Macht euch also besser gleich auf das Schlimmste gefaßt!“

Keiner der Gefährten antwortete. Sie starrten nur mit zusammengekniffenen Augen in die Wüste hinaus, wo die Gestalten der Unbekannten immer höher aus dem Sand zu wachsen schienen.

Ein Zweikampf

Rory hatte richtig vermutet. Der Reiterpulk, der sich in einem weit auseinandergezogenen Halbkreis den fünf Freunden der *Blauen Rose* näherte, gehörte dem Beduinenstamm der Beni Suef an. Doch nur elf der Männer in den weißen Burnussen waren wirklich Wüstenbewohner, der zwölfte war – der verräterische Condottiere.

Er ritt direkt neben dem Anführer der Beni Suef, einem hochgewachsenen, herrisch aussehenden Scheich mit scharfer Adlernase und durchdringend habichtgelben Augen. Dieser Mann war gefährlich; man konnte es auf den ersten Blick erkennen. Und dennoch strahlte er auch ritterliche Größe aus, als er sich jetzt hoch im Sattel aufrichtete, seinen prächtigen Berberhengst sich einmal um die eigene Achse drehen ließ und mit einer einzigen Handbewegung den wilden Ritt seiner Beduinen zum Stehen brachte.

Allein der Condottiere auf seinem Apfelschimmel preschte noch mehrere Pferdelängen weiter. Dann riß er wütend sein Tier in die Hanken und kehrte mit verblüfftem Gesichtsausdruck an die Seite des Scheichs zurück. „Ihr stoppt den Angriff? Warum, Scheich Hassan?“ rief er gellend. „Nur dreißig Pferdelängen noch, und wir hätten die Schurken überrannt!“ Der Condottiere benutzte die türkische Sprache, welche der Scheich gut zu verstehen schien, denn er antwortete im selben Idiom:

„Noch weiß ich nicht, ob wir wirklich die Verbrecher vor uns haben, welche hinter Euch her sind, um Euch Euer Weib zu rauben, Condottiere. Ich bin ein freier Beni Suef und ein ritterlicher Sohn der Wüste und deshalb nicht gewohnt, blindwütig über jeden Wanderer herzufallen. Deshalb werde ich mich zuerst überzeugen, ob es sich drüben bei den Pyramiden wirklich um die fünf Reiter handelt, die Euch nach dem Leben trachten und bereits Euer Schiff zerstört haben. Handelt es sich tatsächlich um die Gesuchten, dann sollen unsere Säbel um so nachdrücklicher sprechen. Folgt mir also im Schritt. Ich werde mit den Fremden reden.“

„Aber es sind meine Feinde – und sie sind gefährlich“, warf der Condottiere ein. „Nur zu leicht könnten wir in einen Hinterhalt geraten.“

Scheich Hassan antwortete nicht mehr. Er warf dem Condottiere nur einen langen Blick zu, und es war schwer zu sagen, ob darin lediglich Unverständnis für den Einwand des Italieners – oder ganz einfach nackte Verachtung lag. Dann hob der Beduine den Arm; sein Krummsäbel blitzte in der grellen Sonne, und wie er es gesagt hatte, näherten sich seine Männer nun im Schritt den Reitern der *Blauen Rose.*

Diese hielten eng zusammengedrängt und mit griffbereiten Waffen immer noch am Fuß der großen Cheopspyramide. „Sie kommen im Schritt, scheinen also doch nicht blindwütig angreifen zu wollen." Annabelle seufzte erleichtert auf. „Vielleicht ist dieses Zusammentreffen wirklich ganz harmlos."

Sie wollte ihren Degen wegstecken, doch die düstere Stimme Denghiziks brachte sie davon ab: „Die Gefahr ist noch viel größer, als wir dachten", sagte der Mongole und deutete mit dem Stiel seiner Peitsche auf einen der Reiter. „Der Condottiere befindet sich bei den Beduinen ..."

Denghizik hatte von allen die schärfsten Augen, doch nun, da er seine Gefährten darauf aufmerksam gemacht hatte, erkannten auch seine Kameraden ihren Todfeind, der ihnen schon so viel Schaden zugefügt hatte, um ihnen nun hier an der Spitze eines weit überlegenen Gegners erneut gegenüberzutreten.

Keiner sagte mehr ein Wort. Wozu auch? Jetzt konnte es ja wirklich nur noch darum gehen, den letzten Kampf ehrenvoll zu bestehen – und dann ebenso ehrenvoll zu sterben.

Die Beduinen hatten sich inzwischen auf etwa zehn Pferdelängen genähert und den Halbkreis dabei so weit zusammengezogen, daß den Reitern der *Blauen Rose* dadurch auch der letzte Fluchtweg versperrt war, denn von drei Seiten näherten sich die Wüstensöhne, und in ihrem Rücken lag das mächtige Gemäuer der Pyramide. Doch da hob plötzlich der großgewachsene Mann, welcher neben dem Condottiere ritt, seinen Säbel, und sofort kam die Front der Beduinen zum Stehen. Allein der Scheich und – etwas widerwillig, wie es schien – der Condottiere trieben ihre Tiere ganz in die Nähe Germains und seiner Begleiter. Dabei hielt sich der Condottiere aber gut eine Pferdelänge zurück; er schien plötzlich Angst zu haben.

Anders der Anführer der Beduinen. Furchtlos zügelte er

seinen Berberhengst erst einen knappen Meter vor Germain, den er wohl mit einem einzigen Blick als den Anführer der kleinen Europäertruppe erkannt hatte. Schweigend, die blanken Klingen in den Fäusten, bohrten die beiden Männer ihre Blicke ineinander.

Außer dem feinen Singen des Wüstenwindes und dem unruhigen Stampfen des Apfelschimmels, auf dem der Condottiere saß, war minutenlang kein Laut zu vernehmen. Dann jedoch schallte die Stimme des Beduinenführers kräftig von dem uralten Pyramidengemäuer wider: „Ich frage dich, ob du die Sprache verstehst, in der ich dich anrede?“

Germain hatte während seiner Abenteuer im Reich der Osmanen genügend Türkisch gelernt, um, wenn auch mühsam, antworten zu können: „Ich verstehe dich.“

„So wisse, daß ich Scheich Hassan, der Anführer des freien Volks der Beni Suef bin“, fuhr der Beduine nun fort. „Ich bin der Herr dieses Teils der großen Wüste; ich bin der Verteidiger der Gerechtigkeit und des Friedens in diesem Land. Doch bin ich auch der Kriegsherr meines Volkes, und wenn Recht und Friede in diesem Land gebrochen werden, dann spricht mein unbesiegter Säbel.“ Und wieder bohrte sich der Blick des Scheichs durchdringend in Germains Augen.

Der Anführer der *Blauen Rose* fühlte sich seltsam berührt. Er hatte erwartet, daß die Beduinen sie sofort bekämpfen würden, und nun sah er sich hier einem Mann gegenüber, den er unwillkürlich achten mußte, ja, den er am liebsten zum Freund gewonnen hätte. Denn Germain, der mit Adligen zu verkehren gewohnt war, erkannte auch den Adel dieses einfachen Beduinenscheichs. Deshalb fiel seine Antwort auch ausgesprochen höflich aus: „Man nennt mich Germain, und ich komme von weither über das Meer, um wie du die Gerechtigkeit zu suchen. Deine Augen verraten mir, daß du noch nie deinen Säbel für eine ungerechte Sache führtest.“ Plötzlich wurde

Germains Tonfall schärfer: „Und doch erblicke ich an deiner Seite einen Mann, der große Verbrechen begangen hat." Der Anführer der *Blauen Rose* deutete auf den Condottiere, der mit haßverzerrtem Gesicht auf seinem Pferd saß.

Augenblicklich verdüsterte sich Hassans Miene. „Dieser Condottiere ist der Gastfreund meines Stammes", antwortete er schroff. „Er war es, der mich vor euch warnte. Ihr habt ihm sein Schiff geraubt, und nun wollt ihr ihm auch noch sein Weib nehmen. Du sprichst von Gerechtigkeit, und dennoch bist du ein Schurke. Oder willst du leugnen, daß ihr meinen Gastfreund von seinem Schiff verjagt habt?"

„Nein", gab Germain zurück, „aber er wiederum stahl dieses Schiff zuvor meinem Kaiser. Der Condottiere raubte jedoch noch mehr! Er raubte mir meine Mutter, welche er nun fälschlicherweise als sein Weib bezeichnet." Jetzt bebte Germains Stimme vor unterdrücktem Grimm.

Er wollte noch weitersprechen, das ganze ungeheuere Lügengebäude des Condottiere aufdecken. Aber er kam nicht mehr dazu. Denn jetzt mischte sich der Korsar ein: „Kein Wort, das dieser Halunke sagt, ist wahr!" rief er gellend. „Er ist ein Feind der Morgenländer, er hat gegen den Pascha von Konstantinopel gekämpft und den Tod Hunderter von Janitscharen auf dem Gewissen. Er hat mich zusammen mit den Engländern zur See gejagt und verfolgt, mit den Engländern, welche die Feinde Allahs sind. Wenn du ein Mann und Herrscher deines Volkes bist, Hassan, so nimm den Kopf dieses Mannes!"

„Der Condottiere lügt", antwortete Germain. „Er lügt, wie er sein ganzes Leben lang gelogen hat. Und deshalb werde ich ihm das Leben nehmen. Blicke in seine Augen und in meine, Scheich Hassan, dann wirst du erkennen, wer von uns beiden die Wahrheit spricht."

„Gib den Befehl zum Angriff!" schrie der Condottiere. „Diese Natter darf nicht länger ihr Gift verspritzen!"

Germain und der Condottiere sahen sich haßerfüllt an. Beide hielten ihre Degen umkrampft; es sah so aus, als würden sie sich jeden Augenblick aufeinander stürzen.

Unschlüssig glitt der Blick des Scheichs zwischen den beiden hin und her. Er schien einen schweren inneren Kampf auszufechten, bis er endlich sprach: „Man nennt mich Hassan, den Gerechten. Und gerecht muß meine Entscheidung ausfallen. Ihr beide beschuldigt euch gegenseitig großer Verbrechen, und es liegt leider nicht in meiner Macht, die Wahrheit eurer Worte nachzuprüfen. Doch habe ich dank Allahs Hilfe nun doch einen Ausweg gefunden. Es ist ein alter, heiliger Brauch bei den Beni Suef, dann, wenn Menschenklugheit nicht weiterweiß, die Entscheidung bei Gott zu suchen. Die Wahrheit soll im Zweikampf gefunden werden, denn es widerstrebt mir, dich, Germain, mit meiner Übermacht anzugreifen. – Es gilt das Gottesurteil!“

Germain atmete unwillkürlich auf. Sein Erzieher, der alte Pater Emile, hatte ihm einst von dieser uralten Form der Urteilsfindung erzählt. Im Zweikampf sollte jeder der Widersacher sein Recht vertreten; dem Sieger gestand man dann zu, daß sein Gegner als entlarvt galt.

„Ich werde das Gottesurteil anerkennen“, sagte der Anführer der *Blauen Rose.*

Seine vier Gefährten warfen ihm erschrockene Blicke zu, doch Germain beachtete sie nicht. Er wußte so gut wie sie, daß sie keine andere Chance hatten. Gleichzeitig wußte er aber auch, daß jeder seiner Freunde mit Freuden für ihn in die Schranken getreten wäre, und diese Kameradschaft gab ihm Kraft.

Ganz anders reagierte der Condottiere. „Ich soll doch wohl nicht allein gegen diesen Mann kämpfen, der mich ermorden will?“ wandte er sich erschrocken an den Scheich. „Das dürft Ihr nicht von mir verlangen. Ich bin kein Moslem. Euer Gottesurteil geht mich nichts an!“

Da blitzte plötzlich eine tödliche Verachtung in den Augen Hassans auf. Mit einer jähen Gebärde wandte er sich gegen den Condottiere. „Du beschuldigst Germain schwer, doch du willst nicht gegen ihn kämpfen?“ rief er. „Solcher Feigheit wäre kein Mann meines Stammes fähig. Jetzt bereue ich es, dich jemals zum Gastfreund meines Volks gemacht zu haben. Du bist jedoch mein Gastfreund – jedenfalls bis zum Ausgang des Gottesurteils. Und deswegen darf ich dich nach den alten Gesetzen gar nicht zum Zweikampf antreten lassen. Ich werde an deiner Stelle kämpfen. Es ist meine Pflicht, nicht mein Wille.“

Der Condottiere atmete sichtbar auf, Scham schien er nicht zu empfinden. Der Scheich beachtete ihn nicht weiter und wandte sich wieder Germain zu: „Bist du mit meiner Entscheidung einverstanden, Fremder?“

Der Anführer der *Blauen Rose* hatte die Lippen aufeinandergepreßt, und es dauerte eine ganze Weile, ehe er antwortete: „Ich betrachte dich nicht als meinen Feind, Scheich Hassan, denn du handelst wie ein Edelmann. Da unsere Ehre aber den Zweikampf verlangt, so soll er stattfinden. Ich bin bereit. Sage mir nur, ob du zu Pferd oder zu Fuß kämpfen willst!“

„Dein Pferd ist die Wüste nicht gewöhnt und wäre dem meinen wohl unterlegen. Wir werden zu Fuß kämpfen“, entgegnete der Scheich. Und schon war er aus dem Sattel gesprungen, gab dem Hengst einen Klaps, und das Tier trabte zu den anderen Beduinen. Diese hatten sich inzwischen weiter genähert und die Entscheidung ihres Anführers daher mitbekommen. Der Scheich rief ihnen zu: „Ihr habt gehört, was gesprochen wurde. Wenn ich falle, so können diese fünf Europäer unbehelligt ziehen. Der Condottiere ist aber dann als Lügner überführt und genießt nicht länger das Gastrecht bei den Beni Suef.“

Die Wüstenreiter gaben durch eifriges Nicken ihre Zustimmung zu erkennen. Inzwischen war auch Germain aus dem

Sattel gesprungen und hatte seinen treuen Hengst Jean zum Halten gegeben. Mit dem blanken Degen stand er dem Anführer der Beni Suef gegenüber. Nur drei Schritte trennten noch die beiden zum Kampf entschlossenen Gegner. Rechts von ihnen, über den Pyramiden, stand die Sonne. Sie hatten beide gleich große Chancen.

„Allah ist groß!“ rief Hassan und legte den Säbel aus.

„Mit Gott!“ antwortete Germain, und die Klinge seines berühmten Degens züngelte vor.

Die Spitzen der Waffen berührten sich kurz, ein scharfes sirrendes Klirren, blitzschneller Angriff und Parade, und schon standen sich die beiden Fechter Brust an Brust gegenüber. Keiner hatte beim ersten Angriff einen Vorteil erringen können. Hassan und Germain waren ebenbürtige Gegner.

Und nun setzte jeder von ihnen seine ganze, in langen harten Jahren erworbene Fechtkunst ein. Ein Beobachter aus der Ferne hätte den Eindruck gewinnen können, als umkreisten sich die beiden Fechter in einem skurrilen, absonderlichen Tanz, als spielten sie mitten in der Wüste ein Spiel, dessen Regeln nur ihnen allein bekannt waren. Aus der Nähe betrachtet war jedoch der Kampf bitterer Ernst. Schon klaffte ein langer Riß in der Kniehose Germains, schon hatte Hassan seinen von einem blitzschnellen Degenhieb zerfetzten Mantel in den Sand geschleudert. Schon dauerte das Degenduell mehr als eine halbe Stunde an, schon begannen die Kämpfer unter der gnadenlosen Sonne zu keuchen, blendete sie salziger Schweiß. Schon raunten die Umstehenden sich zu, daß sie noch niemals Zeugen eines solch heroischen Waffenganges geworden waren. Und noch immer war der Ausgang des Duells offen.

Da hatte Germain plötzlich das Gefühl, als mache sich der berühmte Degen d'Artagnans in seiner Rechten selbständig, als folge die Klinge auf einmal ihren eigenen Regeln. Nicht mehr der Freund des österreichischen Kaisers führte nun den Degen –

der Degen schien ihn zu führen. Mit einem blitzschnellen Satz zur Seite entging Germain einem fürchterlichen Säbelhieb Hassans, er vollführte eine Bewegung ähnlich der eines spanischen Toreros, kreiselte um seine eigene Achse – und fand den Scheich ungedeckt vor sich. Germain fiel aus ohne zu denken. Spürte, wie sich seine Degenspitze im Säbelkorb seines Gegners verbiß, ließ die eigene Waffe wirbeln – und sah, wie der Krummsäbel Hassans in hohem Bogen in die hitzeflirrende Luft schoß, eine Parabel beschrieb und zitternd im Wüstensand steckenblieb. Ein Stöhnen lief durch die Reihen der Beni Suef.

Hassan starrte seinen Überwinder entgeistert an; in seinen Augen konnte Germain die Erwartung des tödlichen Stoßes lesen. Und der Anführer der *Blauen Rose* war von dem gewaltigen Kampf tatsächlich so erhitzt, so sehr war sein Blut in Wallung geraten, daß er wirklich in der Zeit eines Lidschlages zum Todesstoß ausholte. Seine Degenspitze erreichte die Herzgegend Hassans – zitterte heftig, und bewegte sich nicht mehr. Nur einen dünnen Faden von Hassans Oberkleid zertrennte die nadelscharfe Klinge noch . . .

Dann – es waren nur Sekunden verstrichen, die doch Ewigkeiten zu dauern schienen – atmete Germain tief durch, er senkte den Degen und warf ihn in die Scheide. Etwas wie namenloses Erstaunen stand im Gesicht des Scheichs geschrieben, dann wich dieses Erstaunen ganz langsam einem Ausdruck erleichterten Begreifens.

„Noch nie stand ich einem solch mutigen Gegner wie dir gegenüber, Hassan", sagte Germain mit heiserer Stimme. „Ich kann dich nicht töten, denn in dir ehre ich den ritterlichsten Kämpfer, den ich je traf. Außerdem weiß ich, daß auch du mich nicht getötet hättest, wäre ich selbst waffenlos geworden." Und um die schöne, adlige Geste zu vollenden, schritt Germain zu der Stelle in der Wüste, wo Hassans Säbel noch leise im Sand schwankte, nahm die Waffe an sich, trug sie zu dem Scheich der

Beni Suef und reichte sie ihm.

Hassan nahm den Säbel an, langsam glitt die krumme Klinge in die Scheide. „Bei Allah“, murmelte er, „du handelst so nobel wie ein Kalif. Von jetzt an soll Freundschaft zwischen dir und mir herrschen. Was aber den Condottiere anlangt, so ist er nicht länger mein Gastfreund. Er gehört dir. Denn jetzt weiß ich, daß dieser Mann lügt – jedes einzelne deiner Worte jedoch wasserhelle Wahrheit war!“

„Ich danke dir, tapferer Freund“, entgegnete Germain, um sich sofort nach dem Condottiere umzuwenden.

Doch dieser stand nicht mehr an seinem Platz. Er hatte die letzten Worte des Scheichs vernommen, sich gesagt, daß seine Sache verloren sei – und seinem Apfelschimmel die Sporen gegeben, um in Richtung auf den Nil davonzujagen. Da jedoch alle Anwesenden gerührt die Versöhnung zwischen Germain und dem Scheich verfolgt hatten, hatte zunächst keiner weiter auf ihn geachtet. Jetzt betrug der Vorsprung des Condottiere bereits mehr als hundert Meter.

Germain stand einen Augenblick reglos da. Aber schon im nächsten Moment hetzte er zu seinem Rapphengst, warf sich in den Sattel, ohne die Steigbügel zu benutzen, riß Grampian herum und jagte wie der Teufel hinter dem Condottiere her. Allmählich begriffen auch die anderen, und so folgten gleich darauf die Beduinen und die Gefährten der *Blauen Rose* den beiden Reitern!

Germain spürte, daß jetzt endlich die Stunde der Abrechnung gekommen war, daß der Verbrecher für das unendliche Leid zu büßen hatte, welches er Germain und zahllosen anderen Menschen zugefügt hatte. Der Vorsprung zwischen den beiden Männern verringerte sich von Minute zu Minute. Gejagt schaute der Condottiere immer wieder über die Schulter zurück. Er sah wohl ein, daß Germains Hengst schneller war als sein Schimmel und wollte zu einer List greifen. Er riß sein keuchendes Tier herum und galoppierte auf eine Lücke zwischen den Pyramiden zu. Germain folgte ihm unbeirrt. Wieder verringerte sich der Vorsprung des Condottiere. Der Boden wurde steinig. Große Felstrümmer und von den Pyramiden herabgestürzte Blöcke erschwerten das Vorwärtskommen. Dann sah Germain, wie der Condottiere sein Pferd vor einer solchen Steinbarriere kurz zügelte, die Arme hochwarf, und den Schimmel dann doch zum Sprung zwang. Gleich darauf waren Roß und Reiter verschwunden, Germain hörte ein schrilles, angstvolles Wiehern, kam rasend schnell heran – und drückte seinen Hengst ebenfalls zum Sprung ab.

Der Rappe kam zwischen zwei Felsblöcken auf, knickte auf der Hinterhand ein, bäumte sich und blieb nach einer harten Parade Germains stehen. Der Anführer der *Blauen Rose* glitt aus dem Sattel, sagte sich, daß er nur wie durch ein Wunder diesen Satz mitten hinein in das Felsengewirr an dem abschüssigen Hang hinter der Barriere überlebt hatte. Dann beugte er sich zu dem aus dem Sattel gestürzten Condottiere nieder.

Der Condottiere starrte ihn mit gebrochenen Augen an. Er hatte den waghalsigen Sprung nicht überlebt.

Lange stand Germain stumm da, und er spürte, wie der Haß auf den Condottiere von ihm wich, wie langsam der Friede in sein Herz zurückkehrte.

So fanden ihn Hassan und die Gefährten. Jean, Rory und Denghizik blieben stumm wie Germain. Annabelle warf sich in die Arme ihres Geliebten. Hassan jedoch sagte: „Allah selbst hat ihn gerichtet. Wir wollen ihn begraben. – Ihr, meine Freunde, aber folgt mir zu den Zelten meines Stammes als unsere Gastfreunde. Laßt uns eilen, denn ich sehe, daß du, Germain, dich danach sehnst, deine Mutter endlich in die Arme zu schließen. Sie lebt wohlbehalten bei meinem Volk und erwartet ihren Sohn."

Ein Geheimnis wird gelüftet

Seit mehr als einer Stunde saß Germain in dem Zelt, das Hassan der Komteß von Walden zur Verfügung gestellt hatte. Germain hatte im Gesicht seiner Mutter sofort die Züge wiedererkannt, welche ihm seit seiner Kindheit so vertraut waren, weil sie ihm immer wieder im Traum erschienen waren. Aber er hatte es auch gespürt, daß diese zierliche Dame mit den gütigen blauen Augen und den immer noch blonden langen Haaren ihm keine Fremde war. Und als Germain in kurzen Umrissen sein ganzes bewegtes Leben erzählte, hörte die Komteß fassungslos zu.

Als Germain seine Lebensgeschichte beendet hatte, wartete er nun atemlos auf ein klärendes Wort der Komteß von Walden.

Die Reaktion der adligen Dame war jedoch ganz anders, als Germain erwartet hatte. Mit Tränen in den Augen erhob sie sich und setzte sich neben Germain, wobei sie seine beiden Hände umklammerte. Und als sie nun selbst zu erzählen begann, erfuhr Germain endlich, endlich die Wahrheit über seine Geburt, Abstammung und Kindheit: „Mein lieber Germain, auch ich bin jetzt überzeugt, in dir meinen leiblichen Sohn wiedergefunden zu haben.“ Die Komteß blickte Germain zärtlich in die Augen, ehe sie fortfuhr: „Und wenn ich mich auch schämen muß, weil ich damals als Mutter versagte, sollst du dennoch die ganze Wahrheit erfahren.“

„Ich bin sicher, es gibt nichts, wofür du dich schämen müßtest – Mutter!“ sagte Germain leise.

Die Komteß senkte die Lider. „Es waren chaotische Zeiten damals“, berichtete sie. „Ludwig XIV. lag mit dem deutschen Kaiser im Krieg. Franzosen und Deutsche waren zu Erzfeinden geworden, und es war mein Pech, daß ich dennoch einen Franzosen liebte – und er mich. Wir hatten uns noch im Frieden in Savoyen kennengelernt und wollten heiraten. Als dann der Krieg ausbrach, wurde das unmöglich, obwohl du damals schon geboren warst. Wir lebten in wilder Ehe in einem kleinen Schloß in der Gascogne. Dann sollte dein Vater zum Heer des französischen Königs einberufen werden, um gegen Österreich zu kämpfen. Da er jedoch mich, eine Österreicherin, liebte, wollte er dem Befehl seines Königs nicht folgen. Wir beschlossen zu fliehen, uns nach Italien zu retten. Wir kamen jedoch nur bis Heidelberg, und dort erfuhren wir, daß der französische General Mélac die Stadt schon in den nächsten Tagen angreifen würde. Ich lag damals krank von den Strapazen der Reise in Heidelberg. Mein Geliebter wollte mich um keinen Preis allein lassen, lieber wollte er sein Leben verlieren.

Doch wir konnten es nicht verantworten, auch dich bei uns zu behalten. Deshalb schickten wir unsere Zofe mit dir voraus nach Schwetzingen, das uns sicher erschien. Wir wollten dort später wieder zu euch stoßen und unsere Flucht fortsetzen. Doch leider kam alles ganz anders."

„Ihr befandet euch noch in Heidelberg, als die Stadt von Mélac erobert und niedergebrannt wurde?" erkundigte sich Germain erregt.

„Wir mußten alle Greueltaten miterleben", bestätigte die Komteß. „Mein Geliebter brachte mich bei Nacht und Nebel über die zerstörte Stadtmauer. Wir kannten nur ein Ziel: Schwetzingen. Doch als wir uns nach Tagen dorthin durchgeschlagen hatten, konnten wir nur noch in Erfahrung bringen, daß Truppen Mélacs auch in Schwetzingen gewütet hatten, daß man deine Zofe erschlagen hatte, du jedoch spurlos verschwunden warst."

„Man hatte mich inzwischen nach Frankreich gebracht", murmelte Germain.

„Ja", seufzte die Komteß, „doch wie sollten wir das ahnen? Wir besaßen ja keinen einzigen Anhaltspunkt über deinen Verbleib, und es war Krieg. Trotzdem suchten wir ein volles Jahr nach dir, dann mußten wir jede Hoffnung aufgeben. Wir hatten unser einziges geliebtes Kind verloren, und wir sagten uns, daß wir daher auch kein Recht mehr auf unsere eigene Liebe hatten. Dein Vater und ich trennten uns. Ich ging zurück nach Wien, später dann in die Einsamkeit nach Ragusa. Und ich dachte jeden Tag an dich, Germain, an meinen kleinen Germain . . ."

„Du dachtest an Germain?" fragte dieser überrascht und erschüttert zugleich. „Das kann nicht sein. Erst Pater Emile in Saint-Denis gab mir diesen Namen, weil ich damals nur die deutsche Sprache beherrschte."

Die Komteß sah ihn seltsam an. „Dann muß dieser Pater Emile das zweite Gesicht besessen haben", erwiderte sie. „Denn du bist wirklich auf den Namen Germain getauft. Dein Vater wollte es so; er dachte mir damit eine Freude zu machen."

Der junge Anführer der *Blauen Rose* und Sohn der Komteß von Walden konnte jetzt einfach nicht mehr ruhig sitzen bleiben. Zuviel war während der letzten Stunde auf ihn eingestürmt. Er erhob sich und schritt einige Male rasch im Zelt auf und ab. „Ich kann Gott nur danken, daß sich meine Herkunft endlich aufgeklärt hat, daß wir uns wiedergefunden haben, meine geliebte Mutter", sagte er. „Doch eines muß ich noch wissen. Wer war der Mann, den du liebtest? Wer ist mein Vater?"

„Du hast ein Recht, auch das zu erfahren", antwortete die Komteß ruhig. „Dein Vater gehört dem ältesten französischen Adel an, und der Name seines Geschlechts ist auch heute noch in aller Munde. Er ist der Sohn des weltberühmten d'Artagnan aus der Gascogne. D'Artagnan, der Musketier Ludwigs XIII., ist dein Großvater!"

Unwillkürlich griff Germain nach seinem Degen. Erstaunt sah es die Komteß. „Du haßt deinen Vater doch nicht etwa, weil er Franzose ist und du aus Frankreich fliehen mußtest?“ bangte sie.

„Ich hasse ihn nicht. Ich liebe ihn, wie man seinen Vater lieben soll, auch wenn ich ihn nie gesehen habe“, erwiderte Germain ernst. „Doch mit diesem Degen hat es eine ganz besondere Bewandtnis. Dies ist der Degen d'Artagnans, und ich führe ihn, seit ich vor vielen Jahren das Kloster von St.-Denis verließ. Dieser Degen rettete mir schon oft das Leben, erst heute wieder. Und immer wenn ich ihn führte, hatte ich das Gefühl, auf ganz seltsame, geheimnisvolle Weise mit ihm verbunden zu sein. Jetzt hast du das Rätsel gelöst, Mutter, und ich hoffte nur, ich könnte ebenso wie dich auch meinen Vater, den Sohn des kühnen d'Artagnan, wiederfinden.“

„François d'Artagnan, dein Vater, ist seit 1690 verschollen“, sagte die Komteß leise.

„Ich habe dich wiedergefunden, ich werde auch den Aufenthaltsort meines Vaters ausfindig machen, wenn er noch am Leben ist, das schwöre ich“, erwiderte Germain hoffnungsvoll. „Jetzt jedoch wollen wir unser glückliches Wiedersehen feiern. Ich muß dir meine Freunde vorstellen, Mutter, vor allen Dingen Annabelle, die Frau, die ich liebe. Komm – zu den anderen!“

Gemeinsam traten Germain und seine Mutter aus dem Zelt. Der Tag neigte sich, schon verglühte im Westen der Sonnenball. Doch dann flackerten die Lagerfeuer der Beduinen auf, Zimbeln, Flöten und andere Instrumente ertönten, und man feierte ausgelassen bis zum frühen Morgen. Es wurde beschlossen, noch einige Tage bei den Beni Suef zu verweilen, ehe man dann die lange Heimreise antrat.

*

Eine gute Woche später erreichten die Reiter der *Blauen Rose* zusammen mit der Komteß und unter der kundigen Führung Hassans und einiger seiner Beduinen Alexandria. Sie fanden dort die *Flamingo* und die zurückeroberte *Erzherzog Karl* vor und schifften sich unverzüglich auf Kapitän Fagnets Schoner ein. Der tapfere Hugenotte begrüßte sie überschwenglich, und auch Kapitän Fowling strömte über vor Herzlichkeit und Rührung über das glückliche Wiedersehen Germains mit seiner Mutter. Der Engländer erklärte sich bereit, das Kommando über die *Erzherzog Karl* zu übernehmen und sie mit neuer Mannschaft zurück nach Triest zu steuern.

Die *Flamingo* lief unterdessen Ragusa an, wo man sich jedoch nicht lange aufhielt. Elisabeth von Walden gab dort lediglich die nötigen Anweisungen, um ihren Haushalt aufzulösen, denn jetzt gab es für sie keinen Grund mehr, einsam im Exil zu leben. Sie wollte ihrem Sohn Germain nach Wien an den Kaiserhof folgen.

Nachdem die Gefährten also eine Woche in Ragusa verbracht hatten, verabschiedeten sie sich von Kapitän Fagnet und reisten per Pferd und Kutsche nach Norden.

Als die kleine Gesellschaft in Wien eintraf, schrieb man den 12. November des Jahres 1712. Ein grauer Nebel lag über der Kaiserstadt, als sie das Tor der Hofburg passierten. Und doch sollte dieser Tag noch zu einem der strahlendsten im Leben Germains werden.

Kaum hatten sich die Ankömmlinge nämlich in ihren Gemächern umgekleidet und einen kleinen Imbiß zu sich genommen, als ein Lakai an die Tür des gemeinsamen Salons pochte, um gleich darauf – seine Majestät, Kaiser Karl VI., persönlich zu melden. Mit ausgebreiteten Armen schritt der Herrscher des Heiligen Römischen Reiches Deutscher Nation auf Germain zu und schüttelte seinem treuen Anführer der *Blauen Rose* beide Hände. Dann begrüßte er auf dieselbe Weise auch die Komteß von Walden und Germains Gefährten. Schließlich wandte er sich erneut Germain und der Komteß zu. „Ich beglückwünsche die Mutter zu ihrem wiedergefundenen Sohn, den Sohn zu seiner Mutter", sagte er und fügte lächelnd hinzu: „Ja, Ihr wundert Euch wohl, daß ich bereits über alles informiert bin. Über die Vernichtung des Condottiere, das Wiedersehen in der Wüste und die Rückeroberung der *Erzherzog Karl.* Daran ist kein anderer schuld als der wackere englische Kapitän Fowling, der es sich nicht nehmen ließ, nach Wien zu kommen, nachdem er sein Schiff sicher nach Triest gebracht hatte. So erwartete ich Eure Ankunft mit der allergrößten Spannung. Und jetzt, Germain, bin ich gekommen, um Euch endlich den wohlverdienten Dank für Eure langjährigen treuen Dienste abzustatten."

Bescheiden, wie er es stets gehalten hatte, wollte der Anführer der *Blauen Rose* abwehren. Doch diesmal beharrte der Kaiser auf seinem Willen. „Germain, ich weiß, wie sehr Ihr stets unter dem vermeintlichen Makel gelitten habt, Eure Eltern nicht zu kennen und keinen adligen Namen zu führen", erklärte er ernst. „Schon längst hätte ich Euch mit Titel und Land belehnen können, doch sagte mir ein sechster Sinn stets, daß Ihr Euch beides eines Tages selbst erringen würdet. So wartete ich – doch heute ist diese Stunde gekommen."

Eine feierliche Stille herrschte auf einmal in dem prächtig ausgestatteten Salon. Dann bat der Kaiser Germain: „Leiht mir doch einmal Euren Degen, mein Freund!"

Wortlos reichte ihm Germain die blanke Waffe.

Der Kaiser nahm sie fast behutsam entgegen und fuhr fort: „Kein anderes Schwert wäre würdiger als dieses. – Kniet nieder, Germain!"

Der Anführer der *Blauen Rose* gehorchte verwundert, wenn auch ahnungsvoll. Langsam hob Karl VI. den berühmten Degen d'Artagnans und berührte dann mit der Klinge dreimal leicht die Schulter seines treuen Freundes und Lebensretters. Dann sprach er feierlich die Worte: „Erhebt Euch, Germain Graf von Walden! Für alle Zeiten setze ich Euch und Eure Nachkommen in Eure Rechte ein, denn der Grafschaft von Walden in Mähren fehlte schon lange der Herr. Nun übt Ihr zusammen mit Eurer Mutter diese Herrschaft aus, Germain – mein Freund!“

Ergriffen stand der frischgebackene Graf auf.

Seine Mutter war die erste, die ihm mit Tränen in den Augen gratulierte. Dann folgten Annabelle, Jean, Rory und Denghizik, von der großen Stunde in Germains Leben ebenfalls tief berührt. Es war die Majestät selbst, die mit der Einladung zu einem feierlichen Bankett die Spannung löste. Und von dieser Minute an erlebten die fünf Freunde und die Komteß ein rauschendes Fest nach dem anderen. Ganz Wien schien die Rückkehr der *Blauen Rose* und Germains Erhebung in den Grafenstand zu feiern.

Man verbrachte fast den ganzen Winter in der Residenzstadt, ehe man gemeinsam nach Germains mährischem Besitztum aufbrach, wo natürlich auch seine vier Freunde eine neue Heimat finden sollten. Eines war jedoch klar, als sie sich feierlich von Kaiser Karl VI. verabschiedeten: Daß die *Blaue Rose* jederzeit wieder zur Stelle sein würde, wenn Kaiser und Reich sie riefen.

Die Reihe „**Geheimbund Blaue Rose**"
umfaßt die Bände:

Der Degen des Musketiers
Der Verräter
Verschwörung im goldenen Turm
Der schwarze Pirat

Ein weiterer Band ist in Vorbereitung

Autor: Manfred Böckl
Nach einer Idee von Helmut Watzke
Deckelbild: Erich Hölle
Lektorat: Renate Navé
© 1982 Franz Schneider Verlag GmbH & Co. KG
München – Wien – Hollywood/Florida USA
ISBN 3 505 07319 9
Bestellnummer: 7319
Alle Rechte der weiteren Verwertung liegen beim Verlag,
der sie gern vermittelt.

Schneider-Buch

Die Abenteuer-Reihe

– zu erkennen an dem blauen Rahmen –

184 HANNS CHRISTIAN JESSEN 12–15

Flucht ins Unbekannte

Ein junger Mann wird auf seiner atemberaubenden Flucht von Land zu Land gehetzt

221 FRANK BONHAM 11–14

Taucher, Tang und Ungeheuer

Aufregende Abenteuer in der Tiefe des Meeres

280 RAINER M. SCHRÖDER 12–15

Mark Jordan – Kampf in den Wolken

Weil er zuviel weiß, muß Mark um sein Leben fürchten

296 BRYCE WALTON 11–14

Wildnis unter der Erde

Zwei junge Höhlenforscher entdecken eine neue Welt

214 MATTHIAS MARTIN 11–14

Pit Parker – Wenn die Kobra erwacht

Es geschah beim Fest der heiligen Schlangen

237 MATTHIAS MARTIN 11–14

Pit Parker – Gefahr in der grünen Hölle

Mysteriöse Dinge gehen im Goldgräberland vor sich

278 MATTHIAS MARTIN 11–14

Pit Parker – Heiße Fracht aus Hongkong

Wer ist Donald Bradens geheimnisvoller Doppelgänger?

Diese Nummern stehen auf dem Rücken der Schneider-Taschenbücher und erleichtern das Finden

Schneider-Buch

Im Schneider-Taschenbuch gibt es folgende Reihen:

Die Mädchen-Reihe
roter Rahmen

Die Abenteuer-Reihe
blauer Rahmen

Die Krimi-Reihe
schwarzer Rahmen

Die phantastische Reihe
violetter Rahmen

Die Tier-Reihe
gelber Rahmen

Die Abenteuer-Klassiker-Reihe
weinroter Rahmen

Die Abenteuer-Report-Reihe
mit Abenteuerfotos

Tausend Tips für Abenteurer!

Brian
Hildreth

LEBEN
WIE
ROBINSON **DM 8,95**

Weißt du . . .

- wie man ohne Streichhölzer Feuer macht?
- welche Pflanzen eßbar sind?
- wie man mit Karte und Kompaß umgeht?
- wie man ein Floß, Schneeschuhe oder einen Herd aus Steinen baut?

Alles über das Leben in freier Natur steht in diesem Handbuch für junge Abenteurer und Globetrotter.
Deshalb darf „Leben wie Robinson“ in keinem Rucksack fehlen!